新 潮 文 庫

眠れる森の美女

—シャルル・ペロー童話集—

シャルル・ペロー
村 松　潔 訳

新 潮 社 版

10455

眠れる森の美女　シャルル・ペロー童話集◎目次

眠れる森の美女

シャルル・ペロー童話集

眠れる森の美女

La Belle au Bois Dormant

むかし、王様とお妃様《きさき》がありました。こどもがひとりもいないことをとても残念に思っていて、それこそ言葉では言い表せないほど残念がっていました。ふたりは世界中の湯治場に行ってみたり、願をかけたり、巡礼をしたり、さまざまなお務めに励んだり、ありとあらゆることを試しましたが、なにひとつ効果がありませんでした。

それでも、最後には、ようやくお妃様が身ごもって、女の子が生まれました。立派な洗礼式が行なわれ、国中の仙女（そのころには七人いました）がこの小さな王女の名づけ親になることになりました。この時代にはそうするのが習慣だったのですが、そうすることで、王女には考えられるあらゆる完璧《かんぺき》さがそなわるはずでした。

洗礼の儀式が終わると、一同は王様のお城に戻り、仙女のための大宴会がひらかれました。仙女ひとりひとりの前にすばらしい食器が用意されていました。金むくのケース付きの、ダイヤモンドとルビーをちりばめた純金のナイフとフォークとスプーンです。それぞれがテーブルの席に着こうとしたとき、ひとりの年老いた仙女が入ってくるのが見えました。この老婆《ろうば》を招待しなかったのは、それまで五十年以上も塔に閉じこもりきりで、すでに死んでいるか魔法にかけられているものと思われていたからでした。王様はこの仙女にも食器を出させましたが、ほかの仙女たちとおなじ金むくのケースを出すことはできませんでした。七人の仙女のために七つしか作らせておかなかったからです。

老婆は自分がばかにされたと思いこんで、脅すような文句をつぶやきました。そばにいた若い仙女のひとりがそれを聞きつけ、幼い王女になにかしら不吉な呪《のろ》いをかけるつもりかもしれないと思ったので、食事が終わるとすぐに壁掛《タピスリー》けの後ろに隠れました。自分が最後にまわって、老婆がもたらす不幸をできるだけ軽減したいと考えたのです。

そうするあいだにも、仙女たちはそれぞれ王女に贈り物をしはじめました。いちばん若い仙女は、王女が世界でいちばん美しい人になれる天分[*1]を贈りました。二人目の仙女は、天使のような心の持ち主になれる天分を、三人目の仙女は、なすことすべてにすばらしい気品が漂うようになる天分を、四人目は、完璧なダンスができるようになる天分を、五人目は、サヨナキドリ《ロッシニョール》みたいにうたえるようになる天分を、六人目は、どんな楽器も完全無欠に弾きこなせるようになる天分を贈りました。年老いた仙女の番になると、老いというよりは恨みがましさから首を振りながら、彼女は言いました。王女は紡錘《つむ》に手を刺され、それで死ぬことになるだろう。

この恐ろしい贈り物がその場にいた全員を震え上がらせ、ひとりとして涙を流さない者はいませんでした。そのとき、先ほどの若い仙女がタピスリーの後ろから出てきて、大声で言いました。「ご安心ください、王様、お妃様、王女様がそれで死ぬことはありません。たしかに、わたしには先輩の仙女がかけた呪いを完全に解くだけの力はありません。王女様は紡錘に手を刺されるでしょう。でも、それで死ぬことはなく、深い眠りにつくだけです。眠りは百年つづきますが、百年目にはひとりの王子様がやってきて、目を覚まさせてくれるでしょう」王様は、老仙女によって予言された不幸を避けるため、ただちに勅令を発布して、全国民に紡錘で糸を紡《つむ》ぐこと、自宅に紡錘を持っていることを禁止し、違反者は死刑にすると告げました。

それから十五、六年経《た》ち、王様とお妃様が別荘に出かけているあいだのことでした。ある日、うら若い王女が城のなかを走りまわって、部屋から部屋へとのぼっていき、とうとう塔のいちばん上の屋根裏部屋に行き着くと、そこではお婆《ばあ》さんがひとりで糸巻き棒から糸を紡いでいました。この老婆は王様が紡錘で糸を紡ぐのを禁止したという話を聞いたこともなかったのです。

「何をしているの、お婆さん？」と王女が聞きました。

「糸を紡いでいるんですよ、かわいい娘さん」と、王女とは知らない老婆が答えました。

「ああ、なんてきれいなんでしょう！」と王女は言いました。「どうやっているのかしら？　わたしにも貸してちょうだい。おなじくらい上手にできるかやってみたいの」

王女はとても活発で、ちょっとあわてん坊でしたし、しかも仙女のお告げでそう定められていたので、紡錘を手にするやいなや、それで自分の手を刺してしまい、気を失って倒れました。ひどくあわてた老婆は大声で助けを呼びました。ほうぼうから人が駆けつけて、王女の顔に水をかけたり、コルセットの紐《ひも》をゆるめたり、手のひらをたたいたり、こめかみにハンガリー王妃の水*2をすり込んだりしましたが、何をやっても目を覚まさせることはできませんでした。

そのとき、騒《さわ》ぎ[*3]を聞きつけて上がってきた王様は、仙女の予言を思い出し、仙女がそう言っていたからには、これは避けられないことだったのだろうと考えました。そして、王女を城のいちばん美しい部屋に運ばせて、金銀の縫い取りを施したベッドに寝かせました。王女はまるで天使みたいでした。気を失っても生き生きとした肌の色は失われなかったので、そのくらい美しかったのです。頬は薔薇色《ばらいろ》で、唇は珊瑚《さんご》の色でした。目だけは閉じられていましたが、それでも静かに息をする音が聞こえたので、死んではいないことがわかりました。目覚めるときが来るまでは、そのままそっと寝かせておくように、と王様は命じました。

この事故が起こったとき、王女を百年の眠りにつかせることで命を救った善良な仙女は、そこから一万二千里離れたマタカン王国にいたのですが、七里の長靴[*4]（ひとまたぎで七里進める長靴）を履いた小人によって、一瞬のうちにその知らせを受け取りました。仙女はまもなく出発し、ドラゴン[*5]に引かせた火の車で、一時間後には到着しました。

王様は車から降りる仙女に手を差し出しました。仙女は王様の取った措置がすべて正しかったことを認めましたが、将来をすっかり見通せる目をもっていたので、王女が目を覚ましたとき、この古い城にひとりぼっちではひどく困るだろうと考えて、こんなふうにしました。その城のなかの（王様とお妃様を除く）すべてに魔法の杖《つえ》でふれたのです。王女の養育係や侍女、部屋付きの小間使い、王室付きの貴族や廷臣たち、料理長、料理人、皿洗い、使い走り、近衛《このえ》兵《へい》、門衛、小姓、従者。それから、厩舎《きゅうしゃ》にいたすべての馬と馬丁、裏庭にいた大きな番犬《マスティフ》、そして——王女のかわいい愛犬で、ベッドの王女のかたわらにいた——小犬のプーフ。杖がふれたとたんにすべてが眠りこみ、必要になったときすぐにお仕えできるように、王女が目覚めると同時に目を覚ますようにされました。ヤマウズラとキジをたくさん刺して火にかざされていた焼き串《ぐし》や火そのものまで眠りこみました。すべては一瞬のできごとでした。仙女たちは仕事が遅くはなかったからです。

王様とお妃様は、目を覚まさない愛《いと》しい娘にキスをして、その城を出ると、だれもそこに近づけないようにする禁止令を発布させました。じつは、そんな必要はなかったのですが。というのも、十五分もすると、城の庭園のまわりにはおびただしい大小の樹木が生え育ち、野生のベリーやイバラの茂みが絡《から》み合って、動物も人間も通れなくなってしまったからです。見えるのは城の塔の上のほうだけで、しかもかなり遠くからしか見えませんでした。これももちろん仙女の仕業で、王女が眠っているあいだ、穿鑿《せんさく》好きな連中の心配をしないで済むようにしたのにちがいありません。

それから百年という歳月が流れ、そのころには眠れる王女とは異なる家系の王様がこの地を治めるようになっていました。その王子がこの近くに狩りに出かけたとき、鬱蒼《うっそう》とした森から突き出しているあの塔は何かと尋ねると、人々はそれぞれ自分が聞いていたことを話しました。あれは霊魂が戻ってくる古い城だと言う者もいれば、あそこでこの地方の魔女が一堂に会して夜宴《サバト》をひらいているのだと言う者もいました。いちばん広まっていた説は、あそこには人食い鬼が住んでいて、捕まえたこどもたちを運びこむのだというものでした。そこならゆっくりと食べられるし、森を通り抜けられるのは人食い鬼だけなので、だれも追いかけてこられないからだというのです。

王子はどの話を信じていいかわかりませんでしたが、そのとき、年老いた農夫が口をひらいて、こう言いました。「王子様、もう五十年以上前のことですが、わたしの親父《おやじ》がこんなふうに言うのを聞いたことがあります。あの城には王女様が、世界でいちばん美しい王女様が眠っているということです。そのお方は百年眠りつづけ、自分が結ばれる定めの王子様によって目を覚まされることになっているという話でした」それを聞いた若い王子は、全身に熱いものが走るのを感じ、自分こそその数奇な運命を終わらせる人間だと確信しました。そして、愛と名誉心に駆られて、いますぐ様子を見にいこうと決心したのです。

王子が森に向かって進みはじめると、大木や野生のベリーやイバラの茂みがさっと退いて、道をあけました。彼は広い並木道に出て、奥に見える城に向かって歩きだしましたが、ちょっと驚いたのは、自分が通るやいなや木々がふたたび道を閉ざしてしまい、臣下がひとりも付いてこられないことでした。それでも、彼は歩くのをやめようとはしませんでした。恋をする若い王子はいつだって勇敢なものなのです。彼は広々とした前庭に足を踏み入れましたが、最初に目に入ったのは彼を恐怖で凍りつかせてもおかしくない光景でした。恐ろしい静寂のなか、至るところに死の影が揺らめき、死んだように見える人間と動物がごろごろ横たわっているだけだったのです。けれども、門衛のできものだらけの鼻や真っ赤な顔をよく見れば、じつはみんな眠りこけているだけなのがわかり、カップにまだいくらかワインが残っているところを見れば、おそらく飲んでいる途中で眠りこんだにちがいありませんでした。

王子は大理石が敷きつめられた広い前庭を横切り、階段をのぼって、近衛兵の部屋に入りました。近衛兵は整列して、騎兵銃を肩にかけたまま、ひたすらいびきをかいていました。貴族や貴婦人が大勢いる部屋をいくつも通り抜けましたが、みんな立ったまま坐《すわ》ったまま眠りこけていました。彼が黄金色に輝く寝室に入っていくと、すっかりカーテンをあけ放った天蓋《てんがい》付きのベッドがあり、見たこともないほど美しい光景が目に飛びこんできました。それは十五、六歳に見える王女で、全身からきらきらと——明るさと神々《こうごう》しさの感じられる——輝きを放っているのでした。彼はわなわなと震えながら、魅入られたように近づいていき、すぐそばにひざまずきました。

すると、魔法が解けるときが来ていたので、王女は目を覚まし、初めて会ったとは思えないほどやさしいまなざしをそそぎました。「あなたですか、わたしの王子様は？」と彼女は言いました。「ずっとお待ちしておりました」王子はその言葉に、そしてそれ以上に彼女がそれを言った言い方に、胸がいっぱいになり、自分の喜びと感謝の気持ちをどう表していいかわかりませんでした。

わたしは自分自身以上にあなたを愛している、と王子は言いました。たどたどしい言い方でしたが、雄弁ではなくても愛情にあふれていたので、むしろそれだけよけい好感がもたれました。王女が彼ほどどぎまぎしていなかったのは驚くべきことではありません。彼女には自分が言うべきことを考える時間がたっぷりあったからです。(物語のなかではそのことにはふれられていませんが)どうやら善良な仙女が、かくも長い眠りのあいだ、王女に快い夢想にふける楽しみを与えていたようなのです。ともあれ、ふたりが話しはじめて四時間経っても、どちらもまだ言いたいことの半分も話していませんでした。

そうしているあいだに、城のなかのすべてが王女といっしょに目を覚ましました。だれもが自分の務めを果たそうとはしましたが、みんなが恋をしているわけではなかったので、死にそうなほど空腹でした。王女付きの女官も、ほかの人たちとおなじように急いでいて、じりじりしながら大声で、食事の支度ができたと告げました。王子が王女に手を貸して、ベッドから起こしました。王女はきちんと服を着ており、しかもそれはとても豪華な正装でした。ひだ襟《コレ＝モンテ》*6が付いているところなどは、まるで自分のお祖母《ばあ》さんの服みたいだと王子は思いましたが、それを口には出しませんでした。それでも美しいことに変わりはなかったからです。

ふたりは鏡の間に移って、王女の廷臣たちの給仕で食事をしました。バイオリンやオーボエが、演奏されなくなってから百年ちかくになる、古風だが美しい曲を奏《かな》でました。食事が終わると、時を移さずに、宮廷司祭長が城の礼拝堂でふたりを結婚させ、女官がふたりのベッドのカーテンを閉じました。王女があまり眠くなかったこともあって、ふたりはほとんど眠りませんでした。

朝になると、王子は彼女をあとに残して、父親が心配しているにちがいない街に戻りました。そして、父親には、狩りをしているうちに森に迷いこんで、炭焼き人の小屋に泊めてもらい、黒パンとチーズを出してもらったと説明しました。父親の王様は人が好《よ》かったので、そのまま信じましたが、母親は額面どおりには受け取りませんでした。そして、王子がほとんど毎日狩りに出かけ、いつもなにかしらの口実を見つけて、二日も三日も外泊するのを見ているうちに、どこかに愛人を隠しているにちがいないと確信するようになりました。じつは、王子は王女とすでに二年以上も暮らしており、こどももふたりできていたのです。最初に生まれたのは女の子で、曙《オロール》と名づけられ、ふたりめの男の子は、姉よりももっときれいだったので、日の光《ジュール》と名づけられました。

お妃様は何度となく、息子に白状させようとして、人生には人それぞれにふさわしい生き方があることを説いて聞かせましたが、彼は自分の秘密を告白しようとはしませんでした。母親を愛してはいましたが、怖《おそ》れてもいたからです。というのも、彼女は人食い鬼の人種で、王様が結婚したのは彼女の莫大《ばくだい》な財産目当てでしかなかったからです。宮廷ではひそかに、王妃には人食い鬼の性向があり、幼いこどもが通るのを見ると、飛びかかりたくなるのを必死に抑えているのだという噂《うわさ》さえありました。だからこそ、王子はどうしても打ち明ける気になれなかったのです。

しかし、それから二年経って、王様が亡《な》くなり、みずからが国王の座につくと、彼は自分の結婚を公に宣言して、妻である王妃をその城に迎えにいく大々的な儀式を行ないました。新しい王妃を首都に迎え入れる華々しい入城式が行なわれ、彼女はふたりのこどもに挟まれて街に入りました。

それから、しばらくすると、新しい王様は隣国のカンタラビュット王との戦争に行くことになりました。彼は母親の王太后を摂政に任じて、自分の妻とこどもたちをしっかり守ってくれるように頼みました。彼はひと夏ずっと遠征に出ている予定でしたが、本人が出発するやいなや、王太后は息子の嫁とこどもたちを森の別荘に送りました。そのほうが自分の恐ろしい欲望を満たすのに都合がよかったからです。数日後、彼女も別荘に行き、ある晩、料理長に言いました。

「あしたの夕食にあの小さなオロールを食べたいな」

「めっそうもないことでございます、王太后様」と料理長は言いました。
「食べたいと言ったら食べたいんだ」と王太后は（いかにも新鮮な生肉を食べたがっている人食い鬼の言い方で）言いました。「しかも、ソース・ロベール[*7]で食べたいんだよ」

憐《あわ》れな料理長は、人食い鬼に逆らってはならないことを見てとると、大きな包丁を持って、幼いオロールの寝室へ上がっていきました。そのころには四歳になっていたオロールは、跳ねるように走ってくると、笑いながら彼の首に抱きついて、ボンボンをねだりました。料理長は泣きだして、包丁を取り落としてしまい、それから裏庭に仔羊《こひつじ》を殺しに行って、じつにすばらしいソースを添えて出したので、彼の女主人はこんなに美味《おい》しいものを食べたことはないと言いました。それと同時に、彼は幼いオロールを部屋から連れ出して、自分の妻にあずけ、裏庭の奥にある自分たちの家に匿《かくま》わせたのでした。

八日後、性悪な王太后が料理長に言いました。

「夕食にあの小さいジュールを食べたくなった」

料理長は、前回とおなじように騙《だま》そうと心に決めていたので、それにはなんとも答えませんでした。幼いジュールを探しにいくと、まだ三歳でしかないのに、小さな練習用の剣《フルーレ》を持って、大猿を相手にフェンシングの練習をしていました。彼はこの子も妻のところに連れていき、オロールといっしょに匿いました。そして、幼いジュールの代わりに、とても柔らかい子山羊《こやぎ》の肉を出しましたが、人食い鬼はじつに美味しいと言って食べました。

そこまではとてもうまく行ったのですが、ある晩、この性質《たち》の悪い王太后が料理長に言いました。

「こどもたちとおなじソースで、王妃を食べたい」

そこまで来ると、料理長はもはや騙しつづけることは不可能だと観念しました。若い王妃は、眠って過ごした百年は計算に入れないとしても、すでに二十歳を過ぎていたので、真っ白な美しい肌だったとはいえ、ちょっぴり硬くなっていました。家畜小屋からおなじくらいの硬さの動物を見つける方法があるでしょうか？　自分が助かるためには、王妃の喉《のど》を掻《か》き切るしかないと覚悟を決めた料理長は、ひと思いにやってしまうつもりで、王妃の寝室に上がっていきました。異常なほど興奮して、短剣を片手に、若い王妃の寝室に入っていったのですが、それでも不意打ちはしたくなかったので、王太后からの命令を恭《うやうや》しく伝えました。

それを聞くと、「あなたの務めを果たしなさい」と王妃は言って、首を差し出しました。「与えられた命令を実行しなさい。わたしはこどもたちに会いにいきたいと思います。わたしがあんなに愛していたかわいそうなこどもたちに」というのも、なにも知らされずに連れ去られたあと、こどもたちは死んだものと王妃は信じていたからです。

「いや、それはいけません、王妃様」と、すっかり心を動かされた憐れな料理長が言いました。「死ぬなんてことはおやめください。そんなことをしなくても、わたしが匿っているわが家においでになれば、愛するお子さまたちにふたたびお会いになれるのですから。王太后様には、あなたの代わりに若い牝鹿《めじか》の肉をお出しして、もう一度ごまかすことにいたしましょう」

彼はすぐに王妃を自分の部屋に連れていき、こどもたちを抱きしめていっしょに涙を流す彼女をそこに残したまま、牝鹿を料理しに行きました。王太后は夕食のとき、それが若い王妃であるかのように、旺盛《おうせい》な食欲で平らげました。彼女は自分の残酷さにほくそ笑みながら、国王が帰ってきたら、王妃とふたりのこどもたちは狼《おおかみ》に食べられてしまったと言うつもりでいました。

ある晩、王太后が城の前庭や裏庭をうろついて、どこかに新鮮な生肉はないかと鼻をひくつかせていたとき、ある建物の階下の部屋から幼いジュールの泣き声がするのを聞きつけました。王妃が、意地悪をした息子を鞭打《むちう》たせようとしていたのです。弟を赦《ゆる》してやってくれと嘆願するオロールの声も聞こえました。

それが王妃とこどもたちの声だと悟った人食い鬼は、騙されていたことに激怒して、すぐその翌朝、城中を震え上がらせる恐ろしい声で、庭のまんなかに大桶《おおおけ》を運んでくるように命じました。そのなかにヒキガエルや蝮《まむし》や大蛇や毒蛇を入るだけ入れて、そこに王妃とこどもたち、料理長夫婦とその召使いを投げこませるつもりで、彼らを後ろ手に縛って引き立てるように命令しました。

彼らがそこに連れてこられ、死刑執行人が彼らを大桶のなかに投げこもうとしたとき、そんなに早く戻ってくるはずではなかった国王が、馬にまたがって庭に入ってきました。彼は駅馬*8を乗り継いできたのでした。国王はすっかり驚いて、この恐ろしい光景は何事かと尋ねましたが、だれひとり説明する勇気のある者はいませんでした。

事の次第を見て取った人食い鬼は、激昂《げっこう》に駆られて前後の見境をなくし、真っ逆さまに大桶に飛びこんで、自分が用意させた獰猛《どうもう》な生き物どもにたちまちむさぼり食われてしまいました。

国王は悲しまずにはいられませんでした。彼女はなんといっても自分の母親だったからです。しかし、その悲しみは美しい妻とこどもたちによってほどなく癒《いや》されました。

教訓

金持ちで、美男子で、紳士的で、やさしい
伴侶《はんりょ》を見つけるためにしばらく待つのは、
ごく自然なことではありますが、
百年も、ずっと眠りながら待つなんて、
そんなに落ち着いて待っていられる
女性はもはや見つからないでしょう。

この寓話《ぐうわ》が言わんとしているのは、
意にかなう結婚は、たとえ先延ばしになるとしても、
多くの場合はそれで幸せが減じるわけではなく、
待つことで失われるものはなにもないということでしょうが、
あまりにも熱烈に、
夫婦の契《ちぎ》りに憧《あこが》れる女性たちに対しては、
わたしにはこの教訓を説く気力もなければ勇気もありません。

赤《あか》頭《ず》巾《きん》ちゃん

Le Petit Chaperon Rouge

むかし、見たこともないほどかわいらしい、村の女の子がありました。母親は目に入れても痛くないかわいがりよう、祖母もそれに輪をかけた溺《でき》愛《あい》ぶりでした。この祖母がかわいい赤い頭巾《ずきん》を作ってやり、それがとても似合ったので、どこでも赤頭巾ちゃんと呼ばれていました。

ある日、母親は、パンを焼いたついでにガレット*1を作って、女の子に言いました。「お祖母《ばあ》さんの様子を見にいきなさい。どうやら病気らしいから、ガレットとこのバターの小瓶を持っていっておあげ」

赤頭巾ちゃんはすぐに、別の村に住んでいるお祖母さんのところへ出かけました。森を通り抜けるとき、狼《おおかみ》の大将と出会いました。狼はこの子をとても食べたくなりましたが、森には木樵《きこり》が何人かいたので、そうする度胸はなく、どこへ行くのかと聞きました。かわいそうな赤頭巾ちゃんは、立ち止まって狼に耳を貸すのは危険なことだとも知らずに、答えました。

「お祖母さんに会いにいくの。お母さんが作ったガレットとバターの小瓶を届けに」

「遠くに住んでいるのかい？」

「ええ、そうよ」と赤頭巾ちゃんは言いました。「ずっと向こうに見える風車*2小屋の向こうの、村の最初の家なの」

「そうかい」と狼が言いました。「わたしもお祖母さんに会いたいな。わたしはこっちの道から行くから、あんたはあっちの道から行くがいい。どっちが先に着くか競争しよう」

狼は近いほうの道を全速力で走りだしましたが、女の子は遠いほうの道を行きました。ヘーゼルナッツをひろったり、蝶々《ちょうちょう》を追いかけたり、小さな花を見つけると花束を作ったりして遊びながら。狼はまもなくお祖母さんの家に着いて、ドアをたたきました。トン、トン。

「どなた？」

「孫の赤頭巾よ」――と、狼は赤頭巾ちゃんの声色をつかって言いました――「お母さんの言いつけで、ガレットとバターの小瓶を持ってきたの」

お祖母さんは、すこし具合が悪かったのでベッドに入っていたのですが、大声で言いました。「取っ手を引くと、閂《かんぬき》が外れるよ」*3

取っ手を引くと、ドアがあきました。狼はお祖母さんに飛びかかり、あっという間にむさぼり食ってしまいました。もう三日以上もなにも食べていなかったのです。それから、ドアを閉めて、お祖母さんのベッドのなかにもぐり込み、赤頭巾ちゃんを待ちました。しばらくすると、赤頭巾ちゃんがドアをたたきました。トン、トン。

「どなた？」

狼の野太い声を聞いて、赤頭巾ちゃんは怖くなりましたが、お祖母さんは風邪をひいているのだろうと思いなおして答えました。

「孫の赤頭巾よ。お母さんの言いつけで、ガレットとバターの小瓶を持ってきたの」

狼は声をちょっとやさしい調子にして言いました。「取っ手を引くと、門が外れるよ」

赤頭巾ちゃんが取っ手を引くと、ドアがあきました。赤頭巾ちゃんが入ってくるのを見ると、狼はベッドの毛布の下にもぐったまま言いました。「ガレットとバターの小瓶は長持の上に置いて、わたしといっしょに寝ておくれ」赤頭巾ちゃんは服を脱いで、ベッドに入りましたが、寝間着姿のお祖母さんの体つきを見てびっくりしました。

「お祖母さん、なんて長い腕をしているの！」

「それはおまえをしっかり抱きしめるためだよ」

「お祖母さん、なんて長い脚をしているの！」

「それは速く走れるようにだよ」

「お祖母さん、なんて大きな耳をしているの！」

「それはよく聞こえるようにだよ」

「お祖母さん、なんて大きい目をしているの！」

「それはよく見えるようにだよ」

「お祖母さん、なんて大きな歯をしているの！」

「それはおまえを食べるためさ」

そう言うと、この悪辣《あくらつ》な狼は赤頭巾ちゃんに襲いかかって、食べてしまいました。

教訓

この話からわかるのは、年端《としは》も行かないこどもたち、
とりわけ、きれいで、スタイルもよく、やさしい少女たちが
どんな種類の人にでも耳を貸すのはとてもよくないことであり、
狼に食べられてしまう少女たちがこんなにたくさんいるのも、
不思議ではないということでしょう。
ひとくちに狼といっても、すべての狼が
おなじ種類だというわけではなく、
なかにはなかなか如才ないのもいて、
騒ぎもしなければ、不機嫌でもなく、激昂《げつこう》しやすくもなく、
馴《な》れ馴《な》れしくて、愛想がよくて、穏やかで、
若いお嬢さんたちのあとを追いまわし、
家のなか、閨房《けいぼう》のなかにまで付いてきたりするものです。

ああ、しかし、知らない人はいないでしょう、
そういうやさしげな狼こそ、あらゆる狼のなかで
もっとも危険な狼だということを。

青ひげ

La Barbe Bleue

むかし、街にも田舎にも立派な家をもち、金銀の食器や、刺繡《ししゅう》入りの寝具や椅子《いす》、金張りの四輪馬車までもっている男がありました。しかし、不幸なことに、青いひげを生やしていたので、ひどく醜く、恐ろしく、どんな女や娘でもこの男の前から逃げださずにはいられませんでした。隣人の貴婦人のところに、じつに美しい娘がふたりおりました。男は、どちらでも婦人の選んだほうの娘でかまわないから、結婚したいと申し込みました。

ふたりともそんな気持ちはさらさらなく、たがいに相手に押しつけあって、青いひげを生やした男と結婚する気にはなれませんでした。じつは、彼はすでに何度も結婚していて、その相手の女たちがどうなったのかわからなかったこともあり、なおさらその気になれなかったのです。近づきになるために、青ひげはふたりの娘と母親を、いちばん仲のいい女友だち三、四人や近所の若者たちといっしょに、田舎の別荘に招待しました。そこでまるまる一週間いっしょに過ごしたのです。

一同はもっぱら散歩をしたり、狩りや釣りをしたり、ダンスや宴会をしたり、大ごちそうを堪能《たんのう》したりしました。ほとんど眠らずに、一晩中からかいあったり、すべてがとてもうまく行ったので、妹はこの家の主人のひげはそんなに青くないし、なかなか如才ない紳士だと思うようになりました。そして、街に戻るとすぐに結婚しました。

ひと月後、ほかの地方に出かけなければならない、と青ひげは妻に言いました。非常に重要な用事のために、少なくとも六週間の旅になるが、留守のあいだは、おおいに楽しんでほしい。親しい友だちを呼んで、そうしたければ、田舎に連れていってもいいし、どこでもごちそうを楽しむがいいというのでした。

「ほら、これが二部屋ある広い家具置き場の鍵《かぎ》、こっちがふだんは使わない金銀の食器棚の鍵、それから、これが金《きん》と現金が入っている金庫、これが宝石箱の鍵で、これはすべての部屋の親鍵《マスターキー》だ。そして、この小さな鍵は、階下の長い廊下の奥にある小部屋の鍵だよ。ほかの部屋はどこをあけて、どこに入ってもかまわないが、この小部屋にだけは入ってはいけない。この小部屋だけは立入禁止で、もしもそこをあけるようなことがあれば、わたしが激怒して何をするかわからないと覚悟しておくことだ」彼女はたったいま命じられたすべてを厳密に守ることを約束し、青ひげは彼女を抱きしめると、馬車に乗りこんで、旅に出ました。

　近所の女や友人たちは、呼びに来るのを待ちきれずに、この若い花嫁の家に押しかけました。以前からこの家の豪華な財産の数々を見たくてたまらなかったのですが、青いひげが恐ろしくて、夫がいるあいだは訪ねる勇気がなかったのです。女たちはさっそく部屋から部屋へ、書斎へ、衣裳《いしょう》部屋へと見てまわりましたが、どの部屋も負けず劣らず立派で豪華でした。それから、家具置き場に上がっていくと、その数と美しさはいくら讃嘆《さんたん》しても足りないほどでした。タピスリー、ベッド、寝椅子、飾り戸棚、小さな円卓、テーブル、さらに、頭から爪先《つまさき》まで映せる大鏡がいくつもあって、縁飾りはガラス製や銀製や銀に金《きん》鍍金《めっき》を施したもので、だれも見たこともないほど煌《きら》びやかでした。女たちはしきりにこの友人の幸運を大げさに言い立てたり、羨《うらや》ましがったりしましたが、本人はこれほどの財産を目《ま》のあたりにしても、すこしもうれしそうではありませんでした。というのも、階下の小部屋を見にいきたくてじりじりしていたからです。

やがて、激しい好奇心を抑えきれなくなり、客を放っておくのは礼儀に反することも考えずに、彼女は小さな隠し階段を下りていきましたが、気が急《せ》くあまり、あやうく二度も三度も転んで首の骨を折るところでした。小部屋のドアの前に着くと、ちょっと立ち止まって、夫に禁じられていることや、それにそむけば不幸な結果になるかもしれないことを考えましたが、誘惑はあまりにも強烈で、それに打ち勝つことはできませんでした。彼女は小さな鍵を取り出して、震えながら小部屋のドアをあけました。

窓がすべて閉ざされていたので、初めはなにも見えませんでした。しかし、しばらくすると、床全体が血糊《ちのり》で覆《おお》われ、その血の海に壁につながれたまま死んでいる何人かの女の死骸《しがい》が映っているのが見えました（それは青ひげが以前に結婚して、次々に喉《のど》を掻《か》き切った女たちでした）。若妻は恐怖で死にそうになり、鍵穴から引き抜いたばかりの小部屋の鍵を取り落としてしまいました。

やがて、多少は正気を取り戻すと、鍵をひろって、ドアを閉め、自分の部屋に上がって、なんとか気を鎮《しず》めようとしましたが、あまりにも激しく動揺していたので、完全に気持ちを落ち着けることはできませんでした。小部屋の鍵に血の染《し》みが付いていることに気づいたので、二、三度拭《ふ》いてみましたが、血はすこしも落ちません。ごしごし洗ったり、さらには磨き砂や磨き粉でこすったりさえしましたが、血の染みはそれでも取れませんでした。というのも、この鍵には魔法がかけられていて、完全に拭き取る方法はなく、片側の血を落とすと、反対側に浮き出てきたからです。

青ひげはその日の夜に早くも旅から戻ってきました。出かける途中で手紙を受け取り、彼がそのために出かけた用件が有利なかたちで片付いたことがわかったというのでした。妻は、早めの帰宅を喜んでいることを示すため、できるかぎりのことをしました。

翌日、鍵を返すように言われ、彼女はそれを渡しましたが、手がブルブル震えていたので、青ひげは何があったのかをあっさり見抜いてしまいました。

「小部屋の鍵がいっしょにないのはどういうわけだね？」

「階上《うえ》のわたしのテーブルに忘れたにちがいありません」

「では、あとで返すのを忘れないように」と青ひげは言いました。

そのあと何度かあとに引き延ばしましたが、最後には、鍵を持っていくしかありませんでした。青ひげはそれをじっと見てから、言いました。

「この鍵に血がついているのはどういうわけかな？」

「わたしにはまったくわかりません」と、憐《あわ》れな女は死人みたいに青い顔をして答えました。

「まったくわからないというのかね」と青ひげは繰り返しました。「わたしにはよくわかっているぞ。あの小部屋に入ろうとしたんだろう！　それでは、入ってもらうことにしようか。そして、あそこで見たほかの婦人たちの隣の指定席に着いてもらうことにしよう」

彼女は夫の足下に身を投げ出して、涙ながらに赦《ゆる》しを請《こ》いました。言いつけに従わなかったことを本心から後悔しているのがありありとわかりました。こんなに美しい女《ひと》が悲嘆にくれているのを見れば、岩でも心を動かされたでしょうが、青ひげは岩より硬い心の持ち主でした。

「死んでもらわなければならない」と青ひげは言いました「しかも、いますぐに」

「どうしても死ななければならないなら」涙で濡《ぬ》れた目でじっと見つめながら、彼女は答えました。「すこしだけお祈りをする時間をください」

「では、七、八分だけ待ってやるが」と青ひげはつづけました。「それ以上は一瞬もだめだぞ」

ひとりになると、彼女は姉を呼んで、言いました。「アンヌ姉さん（姉はアンヌという名前だったのです）、お願い、塔の上にのぼって、兄さんたちがやってこないか見てちょうだい。きょう来るという約束なの。もしも姿が見えたら、急ぐように合図してほしいんです」

姉のアンヌが塔の上にのぼると、憐れにも悲嘆にくれた女がときどき叫びました。「アンヌ、アンヌ姉さん、なにも来るのが見えませんか？」

すると、姉のアンヌが答えました。「見えるのは埃《ほこり》っぽい日の光と青々とした草原だけよ」

そうするあいだにも、大包丁を手にした青ひげが、大声で妻に叫んでいました。「早く下りてくるんだ。さもないと、こっちから上がっていくぞ」

「お願いです。もう少しだけ」と妻は答え、すぐそのあとに押し殺した声で叫びました。「アンヌ、アンヌ姉さん、なにも来るのが見えませんか？」

すると、姉のアンヌが答えました。「見えるのは埃っぽい日の光と青々とした草原だけよ」

「早く下りてこないか」と青ひげがどなりました。「さもないと、おれが上がっていくぞ」

「すぐにまいります」と妻は答えて、それからまた叫びました。「アンヌ、アンヌ姉さん、なにも来るのが見えませんか？」

「大きな砂煙《すなけむり》がこっちへ近づいてくるのが見えるわ」と姉のアンヌが答えました。

「兄さんたちですか？」

「ああ、違った！　羊の群れだわ」

「下りてこないつもりか？」と青ひげが叫びました。

「もうすこしだけ」と妻が答えて、それから叫びました。

「アンヌ、アンヌ姉さん、なにも来るのが見えませんか？」

「騎士がふたり、こっちへやってくるのが見えるけど、まだとても遠いわ……。ああ、よかった」と、彼女は一瞬後に叫んだ。「兄さんたちよ。急ぐようになんとか合図してみるわ」

青ひげがものすごい大声でどなりだしたので、家全体が震えました。憐れな妻は下りていくと、髪を振り乱して泣きながら、彼の足下に身を投げ出しました。

「そんなことをしても無駄だぞ」と青ひげは言いました。「死んでもらうしかないんだ」

そして、片手で彼女の髪をつかむと、もう一方の手で大包丁を振りかざし、いまにも首を切り落とそうとしました。憐れな女は彼のほうを向いて、消え入らんばかりの目でじっと見つめ、気持ちを鎮めるためにすこしだけ待ってくれるように哀願しました。「いや、だめだ。神の加護を祈るがいい」と言いながら、青ひげは腕を振り上げましたが……。

その瞬間、だれかが猛烈にドアをたたく音がして、青ひげは思わず動きを止めました。ドアがひらくと、ふたりの騎士が剣を片手にまっすぐ青ひげに突進してきました。見ると、妻の兄弟の、ひとりは竜騎兵《ドラゴン》*1、もうひとりは近衛銃士《このえじゅうし》*2だったので、青ひげは命からがら逃げだしましたが、ふたりの兄弟がすぐ後ろから追いかけて、玄関の石段にたどり着く前に捕まえ、体に剣を突き刺して、死なせました。憐れな妻はほとんど夫とおなじくらい死にそうで、立ち上がって兄弟を抱きしめる力もありませんでした。

青ひげには遺産相続人がいないことがあきらかになり、妻が全財産を受け継ぐことになりました。彼女はその一部をつかって、姉のアンヌを彼女を以前から愛していた若い貴族と結婚させ、別の一部をつかって、ふたりの兄たちに隊長[*3]の地位を買ってやり、さらに残りをつかって、自分自身もとてもすてきな紳士と結婚しました。青ひげと過ごした悪夢の時代をこの夫が忘れさせてくれました。

教　訓

好奇心にはあまたの魅力があるけれど、
しばしば後悔が付きもので、
その実例は毎日いくらでも見かけられます。
女性には失礼かもしれませんが、
それはなんとも軽々しい楽しみで、

満足してしまえばそれまでなのに、
かならずや高くつくものなのです。

もうひとつの教訓

多少なりとも良識があり、
この世の不可思議を知っているなら、
これがすでに過去の物語であることに
すぐに気づかれることでしょう。
もはやこんなに恐ろしい夫はなく、
たとえ不満で嫉妬《しっと》深くても、
不可能を要求する夫もおりません。
奥方のそばでは、夫はじつにおとなしく、

ひげがたとえ何色だとしても、
ふたりのうちどちらが主人なのか、
判断するのがむずかしいくらいなのですから。

猫の親方または長靴をはいた猫

Le Maître Chat ou Le Chat Botté

ある粉ひきが三人のこどもたちに残した全財産は、粉[*1]ひき小屋とロバと猫だけでした。遺産分割はすぐに済み、公証人も代理人も呼ばれませんでした。そんな連中を呼んだりすれば、なけなしの遺産がたちまち食い尽くされてしまったでしょう。長男は粉ひき小屋を、次男はロバをもらいましたが、末っ子がもらったのは猫だけでした。こんな貧弱な分け前しかもらえなかった三男はあきらめがつきませんでした。「兄さんたちはいっしょにやれば、なんとか暮らしを立てられるだろうけど、ぼくは、猫を食べてしまって、その毛皮でマフを作ったら、あとは飢え死にするしかない」

それを聞いていた猫は、そんなことを聞いたそぶりは露ほども見せずに、落ち着いた真面目《まじめ》な態度で言いました。「すこしも悩むことはありませんよ、ご主人様、わたしに袋をくれ、茂みに入っていけるように長靴をあつらえてくださるだけでいいんです。そうすれば、あなたの遺産がそんなに悪くなかったことがわかるでしょう」

猫の主人はたいして当てにしたわけではありませんが、大きなネズミ＊2や小さいネズミを捕まえるため、この猫がまるで曲芸師のような早業で、足から逆さまにぶら下がったり、小麦粉のなかに埋もれて死んだふりをしたりするのをたびたび見ていたので、ひょっとするとこの貧しさから救い出してもらえるかもしれない、と一縷《いちる》の望みを抱かないわけでもありませんでした。

頼んだものを受け取ると、猫はきちんと長靴を履き、首から袋をぶらさげて、その口紐《くちひも》を両の前肢《まえあし》で持ち、ウサギ＊3がたくさんいる森へ出かけました。袋にフスマとノゲシを入れて、死んだふりをして横たわり、この世の狡知《こうち》をまだよく知らない若いウサギがそれを食べようとして袋にもぐり込んでくるのを待ったのです。横になるかならないかのうちに、思惑どおり、そそっかしい若いウサギが袋に入りました。猫の親方はすぐさま紐を引っ張って生け捕りにすると、情け容赦なく息の根を止めました。この獲物に大得意になって、彼は王様のところに行き、謁見《えつけん》を求めました。王様の居室に通されると、彼は入るなり深々とおじぎをして言いました。

「陛下、これはカラバ侯爵《こうしやく》様（こんな名前がいいだろうと猫がかってに自分の主人に付けた名前です）から王様に献上するように言いつかった森のウサギでございます」

「わたしが喜んでおり、礼を言っている、とご主人に伝えるがいい」と王様は答えました。

また、別のとき、猫は小麦畑に隠れて、やはり袋の口をあけたまま待ちました。そして、二羽のヤマウズラが入ると、紐を締めて二羽とも捕まえ、森のウサギのときとおなじように、王様に献上しに行きました。王様はまたもや喜んで二羽のヤマウズラを受け取り、彼に酒手を与えました。こんなふうにして、二、三ヵ月のあいだ、猫はときどき自分の主人の狩りの獲物を王様に届けつづけました。

ある日、王様が世界一美しい王女であるその娘といっしょに川岸に散歩に出かけようとしていることを知ると、猫は自分の主人に言いました。「わたしの言うとおりにすれば、大金持ちになれますよ。川のわたしに言われた場所で水浴びをするだけでいいんです。あとはすべてわたしに任せてください」

カラバ侯爵は、そんなことをして何になるのかも知らずに、猫に言われたとおりにしました。彼が水浴びをしていると、王様が通りかかり、猫が大声で叫びだしました。

「助けて、助けて、カラバ侯爵が溺《おぼ》れている！」

その声を聞いて、王様が馬車の扉から首を出し、それがこれまで何度も獲物を届けてくれた猫だと知ると、衛兵にカラバ侯爵を助けにいくように命じました。憐《あわ》れな侯爵が川から引き揚げられているあいだに、猫は馬車に近づいて、主人が水浴びをしているとき、泥棒が来て、できるかぎりの大声で泥棒（！）と叫んだにもかかわらず、服を盗まれてしまった、と王様に言いました。抜け目のないこの猫は、主人の服を大きな石の下に隠しておいたのです。

王様はただちに衣装係の高官に命じて、カラバ侯爵のために自分のいちばん上等な服を取りにいかせました。王様が彼に大変な好意を示したうえ、与えられたばかりの上等な服を着ると、カラバ侯爵はとても立派に見えたので（というのも、もともと顔立ちも体格もよかったのです）、王女は彼がなかなか気にいりました。そして、彼が二、三度恭《うやうや》しげに、ちょっとやさしさのこもったまなざしを投げかけると、すっかり夢中になってしまいました。王様は侯爵を馬車に同乗させて、いっしょに散歩したいと言いだしました。

自分の目論見《もくろみ》が形になりかけているのを見て喜んだ猫は、一行の先まわりをして、牧草地の草刈りをしている農民たちに出会うと、言いました。「草刈りをしている諸君、いま草刈りをしているこの牧草地がカラバ侯爵のものだと王様に言わなければ、みんなパテの材料の挽肉《ひきにく》みたいに切り細裂《こまざ》かれることになるぞ」

もちろん、王様は彼らが草を刈っているこの牧草地がだれのものかと聞かずにはいませんでした。「カラバ侯爵様のものでございます」猫の脅しに怯《おび》えていたので、みんなが一斉に答えました。

「すばらしい土地をおもちですな」と王様はカラバ侯爵に言いました。

「ご覧のとおりです、陛下」と侯爵は答えました。「毎年かならずたっぷりと牧草が穫《と》れるんです」

相変わらず先まわりをしていた猫の親方は、小麦の刈り入れをしている人たちに出会って、言いました。「刈り入れをしている諸君、この小麦がカラバ侯爵様のものだと言わなければ、みんなパテの材料の挽肉みたいに切り細裂かれることになるぞ」

そのすこしあとで通りかかった王様は、目にした小麦がだれのものなのかと尋ねました。「カラバ侯爵様のものでございます」と刈り入れをしていた人々は答え、王様は侯爵ともどもますますご満悦の態《てい》でした。

馬車の先まわりをした猫が、出会う人たちみんなにおなじことを言ってまわったので、王様はカラバ侯爵の財産の豊かさに目を見張るばかりでした。

最後に、猫の親方はある立派な城に行き着きました。そこの城主は人食い鬼で、かつてだれも見たことがないほどの大金持ちでした。なにしろ、王様が通ってきた土地はすべてこの人食い鬼の領地だったのですから。

あらかじめ気をまわして、この人食い鬼が何者で、どんな能力をもっているのかを調べ上げていた猫は、城主に面会を求めました。城のすぐ近くまで来て、敬意を表する名誉に与《あずか》ることなく通りすぎるわけにはいかないと思った、と言ったのです。人食い鬼は、人食い鬼として可能なかぎり、愛想よく猫を迎え入れて、休ませました。

「聞くところによりますと」と猫は言いました。「あなたはどんな種類の動物にでも変身できる能力があるそうで、たとえば、ライオンとか象にも変身できるそうですね？」

「そのとおり」と人食い鬼は荒々しい口調で答えました。「その証拠に、これからライオンになるところをご覧にいれよう」

目の前に現れたライオンがあまりにも恐ろしかったので、猫はとっさに屋根の上に駆け上がりましたが、瓦《かわら》の上を歩くようにはできていない長靴のせいで、ひどく歩きにくく、危ない目にあいました。しばらくして、人食い鬼が最初の変身からもとに戻ったのを見て取ると、猫は下りてきて、とても怖かったと白状しました。

「それから、こんなことも聞きましたが、わたしにはとても信じられないんです」と猫は言いました。「あなたはとても小さい動物にも変身できるということで、たとえば、大きなネズミや小さいネズミにも変身できるというんですが。実際、正直なところ、そんなことは不可能だとわたしは思います」

「不可能だって？」と人食い鬼は応じました。「見ているがいい」と言うと同時に、彼は小さいネズミに変身して、床を走りまわりだしました。猫はそれを見るやいなや、飛びかかって、食べてしまいました。

そうしているあいだにも、通りがかりに人食い鬼の立派な城を見た王様は、なかに入ろうとしていました。跳ね橋を渡ってくる馬車の音を聞きつけると、猫はその前に飛び出して、言いました。

「陛下、カラバ侯爵様の城にようこそ」

「何ですと、侯爵殿」と王様は叫びました。「この城まであなたのものなのか！　この庭といい、それを囲む建物といい、これ以上にみごとなものはありえない。ぜひ内部を拝見させていただきたいものだ」

侯爵は若い王女に手を貸して、王様につづいて階上に上がると、大広間にすばらしいごちそうが用意されていました。そのおなじ日に訪ねてくる友人たちのために、人食い鬼が準備させておいたのですが、王様が来ていると知って、友人たちは入ってこられなかったのです。すでに夢中になっていた王女同様に、カラバ侯爵の美質に惚《ほ》れこんだ王様は、彼が所有する莫大《ばくだい》な資産を目《ま》のあたりにして、杯を五、六杯も重ねると、こう言いました。「これはあなた次第だが、侯爵殿、よかったら娘の婿《むこ》になってはくださらぬか？」

侯爵は深々とお辞儀をして、王様からの名誉ある申し出を受けいれ、その日のうちに王女と結婚しました。猫は高位の貴族になり、爾後《じご》、気晴らしをしたいときにしかネズミを追いかけなくなりました。

教　訓

父から息子へと受け継がれる

豊かな遺産に恵まれる
利点がいかに大きいとしても、
若者にとっては、ふつう、
そうやって受け継ぐ財産よりも
巧智《こうち》や物事を為《な》す技量のほうが
もっと価値があるのです。

もうひとつの教訓

粉ひきの息子が、こんなにすばやく
王女の心をつかみ、
悩ましいまなざしで見つめられたのは、
服装や顔立ちや若さが、

愛情を吹きこむためには、
かならずしもどうでもいいわけではないからでしょう。

仙女たち

Les Fées

むかし、寡婦《かふ》になり、ふたりの娘と暮らしている女がありました。長女は、性格といい顔立ちといい、彼女にとてもよく似ていたので、だれもが母親の生き写しだと言いました。この親子はふたりともじつに不愉快な性格で、あまりにも傲慢《ごうまん》だったので、だれもいっしょには暮らせないほどでした。けれども、次女は父親のほうにそっくりで、やさしくて誠実であるうえに、見たこともないほど美しい娘でした。当然ながら、人は似たものを好むもので、母親は長女が大のお気にいりでしたが、同時に、次女を恐ろしいほど毛嫌いしていましたた。次女にはキッチンで食事をさせ、絶えず用事を言いつけていたのです。

なかでも大変だったのは毎日二回、家からたっぷり半里*1はある場所に水汲《みずく》みに行き、大きな水差しを一杯にして運んでこなければならないことでした。ある日、彼女がこの泉に行ったとき、ひとりの貧しい老婆《ろうば》がやってきて、水をもらえないかと頼みました。

「もちろんよ、おばあさん」とこの美しい娘はいって、水差しをゆすぐと、泉のいちばんきれいな場所から水を汲み、老婆が飲みやすいように水差しを支えながら差し出しました。老婆は水を飲んでしまうと、言いました。

「あんたはとても美しくて、親切で、礼儀正しいから、贈り物をあげないわけにはいかないね」(というのも、これはじつは仙女で、村の貧しい老婆の姿を借りて、この娘の誠実さがどの程度のものかを見定めようとしたのです)。「あんたには」と仙女は言いました。「口をひらいてなにか言うたびに、口から花か宝石が出るようにしてあげよう」

この美しい娘が家に戻ると、母親は泉から戻ってくるのがひどく遅くなったことを叱《しか》りました。

「ごめんなさい、お母様」と憐《あわ》れな娘は言いました。「こんなに遅くなってしまって」そう言ったとたんに、娘の口から二本の薔薇《ばら》と二個の真珠と二個の大きなダイヤが飛び出しました。

「どうしたんだい！」と、母親はとてもびっくりして言いました。「口から真珠やダイヤが出てくるじゃないか。いったいどういうことなんだい、娘や？」(母親が娘やなどという言葉をかけたのは、このときが初めてでした)。憐れな娘は起こったことをすっかりありのままに話しましたが、そのあいだにもどんどんダイヤが飛び出しつづけました。

「ほんとうかい」と母親は言いました。「じゃ、わたしの娘もそこに行かせなくちゃ。ほら、ファンション、妹がしゃべるたびに口から出てくるものを見てごらん。おまえもおなじようになれたら、うれしくないかい？　泉に水を汲みにいきさえすればいいんだよ。そして、憐れな女が水を欲しがったら、言われたとおりに水をやるだけでいいんだ」

「泉に行くなんてやなこった」と不埒《ふらち》な娘が言いました。

「わたしが行けと言ったら行くんだよ」と母親がつづけました。「いますぐに」

長女は、道々ずっと文句を言いながらではありましたが、それでも泉に行きました。家にあったなかでいちばん高級な銀の小瓶を持っていきました。泉に着くとすぐに、森から豪華な身なりをした貴婦人が現れて、水をもらえないかと頼みました。それは妹の前に現れたのとおなじ仙女で、こんどは王女みたいな物腰といでたちで現れて、この娘の行儀の悪さがどの程度か試そうとしたのでした。

「わたしがここに来たのはあんたに水を飲ませるためだとでも言うの?」とこの不躾《ぶしつけ》で高慢ちきな娘はいいました。「淑女ぶった女に水を飲ませるためにわざわざ銀の小瓶を持ってきたとでも！　飲みたければ、泉からじかに飲めばいいじゃない。そうすればいいのよ」

「すこしも礼儀をわきまえない娘だこと」と、腹を立てることもなく、仙女は言いました。「まあ、いいでしょう！　あなたはとても不親切だから、口をひらいてなにか言うたびに、その口から蛇やヒキガエルが飛び出すようにしてあげましょう」

娘の姿を見るやいなや、母親が大声で言いました。「どうだったい、娘や！」「どうってこともなかったわ、母さん！」と不躾な娘が答えると、二匹のマムシと二匹のヒキガエルが飛び出しました。

「ああ、神様！」と母親は叫びました。「何ということだい？　妹のせいにちがいない。懲《こ》らしめてやらなくちゃ」そう言うと、母親は妹をたたこうとして、すぐさま走りだしました。

憐れな娘は逃げだして、近くの森に身を隠しましたが、ちょうど狩りから戻ってきた王子がこの娘と出会って、とても美しい娘だと思い、そんなところでひとりぼっちで何をしているのか、どうして泣いているのかと尋ねました。

「ああ、王子様、母親に家から追い出されてしまったんです」

王子は、娘の口から五、六粒の真珠と、おなじくらいのダイヤが飛び出すのを見て、どういうわけでそんなふうになったのかと聞きました。娘は自分に起きた不思議なできごとをすっかり話して聞かせました。王子はこの娘に恋心を抱くようになり、仙女から授けられたこの天分はどんな持参金よりも価値があると考えて、父親である王の城に連れていき、そこで結婚しました。姉のほうは、ひどく忌《い》み嫌われるようになり、実の母親に家から追い出されてしまいました。この不幸な娘は、さんざん走りまわってもだれにも受けいれてもらえず、森の片隅で死んでしまいました。

教訓

ダイヤモンドや金貨は

おおいに心を動かします。
けれども、やさしい言葉には
それよりもっと力があり、もっと大きな価値があるのです。

もうひとつの教訓

礼儀正しさには心配りがなければならず、
多少はお愛想も必要です。
けれども、遅かれ早かれ、それには報いがあり、
しかも、しばしば思ってもいないときにあるものです。

サンドリヨンまたは小さなガラスの靴

Cendrillon
ou
La Petite Pantoufle de Verre

むかし、貴族の男がありまして、見たこともないほど傲慢《ごうまん》で、自尊心の強い女と再婚しました。この女には自分と似たような性格の娘がふたりいて、ふたりとも何から何まで母親とそっくりでした。夫にも若い娘がひとりいましたが、こちらは類《たぐ》いまれなほど気がやさしくて、善良でした。この娘はこの世で最高の女性だった自分の母親からそれを受け継いだのでした。

結婚式が終わるやいなや、継母は不機嫌を爆発させました。この若い娘の善良さのせいで、自分の娘たちの性格の悪さがよけい目立つようになり、それが我慢できなかったのです。継母はこの娘に家のなかのいちばん卑《いや》しい仕事をさせました。皿を洗ったり、階段の拭《ふ》き掃除をするのはこの娘、女主人《マダム》やその お嬢《マドモワゼル》さんたちの寝室の床を磨くのも彼女でした。彼女が寝るのは家のいちばん上のほうにある屋根裏部屋で、ベッドは粗末な藁布団《わらぶとん》でしたが、姉たちの寝室は寄せ木張りの床で、最新流行のベッドがあり、頭から爪先《つまさき》まで映せる鏡までありました。憐《あわ》れな娘はすべてをじっと耐え忍び、あえて父親に愚痴をこぼそうともしませんでした。なぜなら、父親は妻に完全に牛耳られていたので、かえって叱《しか》られることになりかねなかったからです。

自分の仕事を終えると、この娘は暖炉のある片隅に行き、灰《サンドル》*1のなかに坐《すわ》ったので、家のなかでは灰尻娘《キュサンドロン》と呼ばれていました。もっとも、長女ほど不作法ではなかった次女は灰かぶり《サンドリヨン》と呼んでいましたが。サンドリヨンは、ぼろを着ていたにもかかわらず、とても豪華な恰好《かっこう》をしたふたりの姉より百倍もきれいでした。

あるとき、王子が舞踏会をひらくことになり、貴い身分の人々を全員招待しました。この家のふたりのお嬢さんも招待されましたが、それはこの地方ではかなり派手な存在でよく知られていたからです。ふたりとも大喜びで、いちばん似合いそうな衣裳《いしょう》や髪形を選ぶのに大わらわでしたが、サンドリヨンにはそれがあらたな苦労の種でした。というのも、姉たちの下着類にアイロンをかけるのも、袖飾り《マンシェット》*2に襞《ひだ》を付けるのも彼女の仕事だったからです。

口にのぼるのは自分たちがどんな衣裳を着ていくかということばかりでした。

「わたしは」と長女は言いました。「赤いビロードのドレスにイギリス製のリボンを着けるわ」

「わたしは」と次女は言いました。「ふつうのスカートだけど、その代わり、金の花柄のコートと、ダイヤ付きのブローチを着けるつもりよ。これはなかなかのものだから」

ふたりは腕のいい髪結いを頼んで、二列に高く盛り上げる髪形《コルネット》にしてもらったり、優秀な職人の店に*3付けぼくろを買いに行かせたりしました。それから、サンドリヨンを呼びつけて、意見を聞くのでした。というのも、彼女はセンスがよかったからです。サンドリヨンはできるかぎりのアドバイスをして、髪を整えるのを手伝おうかとさえ申し出たので、そうしてほしいということになりました。髪を整えながら、姉たちは言いました。

「サンドリヨン、おまえも舞踏会に行けたらうれしいかい?」

「ああ、お嬢様方、からかわないでください。わたしにふさわしいのはそういう場所ではありません」

「そのとおり。灰尻娘《キュサンドロン》が舞踏会に行ったりすれば、笑いものになるだけさ」

サンドリヨン以外の人間なら、ふたりの髪を歪《ゆが》んだ形にしてやったでしょうが、彼女はどこまでもお人好《ひとよ》しだったので、完璧《かんぺき》な髪形に整えてあげました。

姉たちは天にも昇るほど浮き浮きして、二日ちかくなにも食べていませんでした。ウェストを細くしようとしてやたらに締め上げたので、コルセットの紐《ひも》を十本以上切ってしまい、いつまでも鏡の前から離れようとしませんでした。

やがて、とうとう晴れの日がやってきて、ふたりは出かけ、サンドリヨンはその姿が見えなくなるまで見送りましたが、ふたりが見えなくなると、泣きだしました。涙にくれるその姿を見て、どうしたのかと名付け親が聞きました。

「わたしだって……わたしだって……」彼女はますます激しく泣きだして、あとをつづけることもできませんでした。名付け親は、仙女だったのですが、彼女に言いました。

「おまえも舞踏会に行きたいんだね、そうだろう？」

「そうなんです、ああ」そう言って、サンドリヨンはため息を洩《も》らしました。

「それじゃ、わたしの言うとおりにできるかい？」と名付け親は言いました。

「できるなら、行かせてあげよう」

彼女はサンドリヨンを寝室に連れていって、言いました。「野菜畑に行って、カボチャを取ってきなさい」

サンドリヨンはすぐに畑に行って、見つけたなかでいちばん立派なカボチャを摘み、名付け親のところに持っていきましたが、どうしてこんなカボチャが彼女を舞踏会に行かせてくれるのか見当もつきませんでした。名付け親はそれをくり抜き、皮だけを残して、魔法の杖《つえ》でたたくと、カボチャはたちまち金色の立派な馬車になりました。それから、名付け親は小さいネズミの罠《わな》を見にいきました。小さいネズミが六匹、生きたまま入っていました。名付け親はサンドリヨンに落とし戸をすこしだけ上げるように言い、ネズミが一匹出てくるごとに、杖でたたくと、たちまち立派な馬に変身しました。こうして斑点《はんてん》のあるきれいなネズミ色の、立派な六頭の馬車馬ができました。

仙女が御者をどうしたらいいか考えていると、「大きなネズミの罠にネズミが掛かっていないか見てきます」とサンドリヨンが言いました。「大きなネズミを御者にすればいいわ」

「そうだね」と名付け親が言いました。「見てきておくれ」

サンドリヨンが大きなネズミの罠を持ってくると、ネズミが三匹入っていました。仙女がそのうちの一匹、立派なひげを生やしているやつにふれると、見たこともないほど堂々たるひげをたくわえた肥《ふと》った御者になりました。それから、彼女はサンドリヨンに言いました。

「庭に行くと、ジョウロの後ろにトカゲが六匹いるから、捕まえてきなさい」

彼女がトカゲを捕ってくるやいなや、名付け親はそれを六人の従僕に変身させました。きらびやかな制服姿の従僕たちは、さっと馬車の後ろに飛び乗りました。まるで生まれてからずっとそうしているみたいに、馬車と一体になっているように見えました。すると、仙女がサンドリヨンに言いました。

「さあ、これで舞踏会に行けるだろう。うれしくないかい？」

「ええ、でも、このボロ着のままで行かなくちゃならないのかしら？」

名付け親が杖でそっとふれただけで、一瞬のうちに、彼女の服は金糸銀糸を織りこんだ生地を絢爛《けんらん》たる宝石類[*4]で飾り立てたドレスになりました。それから、仙女はこの世でいちばん美しいガラスの靴を差し出しました。すっかり身仕度がととのうと、サンドリヨンは馬車に乗りこみましたが、名付け親は、ほかのことはともかく、けっして夜中の十二時過ぎまでいないようにと忠告しました。それ以上一瞬でも舞踏会に留まっていれば、馬車はふたたびカボチャに戻り、馬はネズミに、従僕はトカゲに戻って、着ているものもとのボロ服に戻ってしまうというのです。彼女はかならず十二時前に会場から出ることを約束しました。そして、われを忘れるほど喜んで、出発しました。

王子は、見たことのない高貴な王女が到着したという知らせを受けると、走って迎えに出て、馬車を降りる彼女に手を貸し、一同が集まっている大広間に連れていきました。すると、部屋中がしんと静まりかえり、人々は踊るのをやめ、バイオリンは演奏をやめてしまいました。それほどこの見知らぬ王女の美しさにだれもが惹《ひ》かれ、固唾《かたず》を呑《の》んで見つめずにはいられなかったのです。聞こえるのはだれかが洩らした「ああ、なんて美しいんでしょう！」というつぶやき声だけでした。王様までが、かなりの歳《とし》だったにもかかわらず、見とれずにはいられませんでした。こんなに美しくて好感のもてる女《ひと》を見るのはほんとうにひさしぶりだ、と王様は低い声で王妃にささやきました。貴婦人たちはだれもが彼女の髪形や衣裳をじっくりと観察して、あしたにでもおなじようなものを手に入れようと考えていました。こんなに美しい布地やこんなに腕の立つ職人を見つけられるとすればですが……。王子は彼女を最上位の席に案内し、そのあとダンスに誘いました。彼女はとても優雅に踊ったので、人々はますます感嘆しました。豪華な食事が供されましたが、若い王子はほとんど手をつけませんでした。それほど彼女に気を取られ、目が釘付《くぎづ》けになっていたのです。彼女は姉たちのそばに坐りにいって、とてもていねいに挨拶し、王子からもらったオレンジ[*5]やレモンをあげたので、見も知らぬ王女だと思っていた姉たちはとても驚きました。

　そんなふうにしておしゃべりをしているとき、時計が十一時四十五分を打つ音が聞こえました。すると、サンドリヨンは一同に深々とお辞儀をして、できるかぎり急いでその場から出ていきました。家に着くと、彼女は名付け親に会いにいき、礼を言ったあと、王子に招待されたので、翌日もう一度舞踏会に行けないかと頼みました。そして、舞踏会でのできごとを初めからすべて夢中になって話しましたが、やがてふたりの姉がドアをたたいたので、サンドリヨンはドアをあけにいきました。

「ずいぶん遅いお帰りですね！」まるでいま目を覚ましたかのように、あくびをして、目をこすり、伸びをしながら、彼女は言いました。じつは、姉たちと別れたあと、すこしも眠りたいとは思わなかったのですが。

「おまえも舞踏会に来ていたら」と姉のひとりが言いました。「退屈しなかっただろうね。とてもきれいな、見たこともないほどきれいな王女様がおいでになったんだよ。わたしたちにとても親切にしてくれて、オレンジやレモンをくれたんだ」

サンドリヨンはすっかりうれしくなって、その王女の名前を尋ねました。けれども、だれも名前は知らなかったし、王子はそれでひどく心を痛めており、彼女が何者かを知るためならこの世のすべてを投げ出してもいいと考えているということでした。サンドリヨンは笑みを浮かべて、姉たちに言いました。

「それじゃ、そんなに美しかったんですね？　ああ、お姉様方はなんと運がいいんでしょう。わたしも一目見ることができないものでしょうか？　ああ、残念だわ。ジャヴォットお姉様、ふだんお召しになっている黄色い服をわたしに貸してくださらない？」

「まさか」とジャヴォットが言いました「わたしがうんと言うとでも思ったの？　こんな汚い灰尻娘《キュサンドロン》に服を貸すなんて、そんなことはよほど頭がおかしくなければありえないわ」

予想どおりに断られたので、サンドリヨンは内心ではほっとしていました。もしも姉が服を貸してくれると言いだしていたら、とても困ったことになったにちがいなかったからです。

翌日、ふたりの姉は舞踏会に行き、サンドリヨンも、最初のときよりさらに華やかに着飾って出かけました。王子はずっと彼女のそばを離れようとせず、あまい言葉をささやきつづけたので、若いお嬢様は時が経つのも忘れ、名付け親からの忠告をすっかり忘れていました。そのため、まだ十一時だとさえ思っていなかったとき、十二時を打つ最初の音が聞こえはじめたのです。彼女はとっさに立ち上がり、牝鹿《めじか》のような俊敏さで逃げだしました。王子はあとを追いましたが、追いつけず、彼女がガラスの靴の片方を落としていったので、それをとても大切そうに拾い上げただけでした。

サンドリヨンは息を切らせて家に戻りました。すでに馬車もなく、従僕もおらず、もとのボロ着をまとっているだけで、華やかな衣裳のなかで残っていたのはただひとつ、落としてきたのとおなじガラスの靴の片方だけでした。城の門衛たちは、王女が出ていくのを見なかったかと尋ねられても、だれも出ていくのは見なかった、出ていったのはひどい身なりの若い娘、令嬢というよりは農婦みたいな娘だけだったと答えました。

ふたりの姉が舞踏会から戻ってくると、サンドリヨンは、今夜もおおいに楽しめたか、あの美しい貴婦人はまたやってきたか、と聞きました。たしかに来てはいたけれど、十二時を打つ音がすると逃げだして、あまりあわてたので小さなガラスの靴の片方を落としていった、と姉たちは言いました。それはこの世にまたとないほど美しい靴で、王子はそれを拾い上げて、それから舞踏会が終わるまで、ずっとそれを見つめているだけだったから、その小さな靴の持ち主の美しい女《ひと》を一途《いちず》に思いつめているにちがいないということでした。

たしかにそのとおりでした。というのも、それから何日も経《た》たないうちに、王子はその靴にぴったりの足の持ち主と結婚する、と鳴り物入りで発表したからです。まず王女たち、それから侯爵《こうしゃく》家の令嬢たち、宮廷の女官たちに履かせてみましたが、無駄でした。ふたりの姉のところにも靴を持ってきたので、ふたりはできるかぎりのことをして足を入れようとしましたが、どうしても入りませんでした。それを見ていたサンドリヨンは、自分の靴だと知っていたので、笑みを浮かべながら言いました。

「わたしにも合わないかどうか試してみたいわ」

姉たちは笑いだして、彼女をばかにしました。靴の試着をさせていた貴族の男は、サンドリヨンをじっと見つめ、とてもきれいだと思ったので、たしかに彼女の言うとおりだし、すべての娘に履かせてみるように命令されていると言いました。サンドリヨンを坐らせ、その小さな足に靴を近づけると、足がすっと靴に収まり、しかも蠟《ろう》で型を取ったかのようにぴったりでした。ふたりの姉はとても驚きましたが、サンドリヨンがポケットからもう片方の靴を出して履いてみせると、さらにもっと驚きました。そこへ名付け親がやってきて、サンドリヨンの服に杖でふれると、ほかのどんな衣裳よりきらびやかなものに変わりました。

それを見て、ふたりの姉は舞踏会で見た美しい女《ひと》がじつは妹だったことを悟りました。そして、彼女の足下に身を投げ出して、それまでずっと彼女をあしざまに扱い苦しめてきたことを侘《わ》びて赦《ゆる》しを請《こ》いました。サンドリヨンは姉たちを立ち上がらせて、抱きしめながら、喜んで彼女たちを赦し、いつまでも自分を愛してほしいと言いました。

その美しい衣裳をつけたまま、サンドリヨンが若い王子のもとに連れていかれると、王子はそれまでよりさらに美しいと感じ、それから何日も経たないうちに、彼女と結婚しました。美しいだけでなく心やさしかったサンドリヨンは、ふたりの姉たちを城に住まわせることにして、その日のうちに、宮廷の高位の貴族と結婚させました。

教　訓

女性にとって美しさは類いまれな宝物で、

人はいくら嘆賞しても飽きることはありません。
けれども、心のやさしさというものは、
値が付けられないほどの価値があり、さらにもっと貴重なのです。

彼女をしつけ、教えを説いて、
名付け親がサンドリヨンに授けたのはそれであり、
それがとてもうまくいったので、彼女は王女になれたのです。
（というふうに、人はこの話についての教訓を垂れるでしょう）

美しい乙女たちよ、人の心を惹きつけ、虜《とりこ》にするためには、
すてきな髪形よりこういう資質のほうが有効なのです。
やさしい心こそ仙女のほんとうの贈り物で、
それがなければなにもできず、それさえあればすべてが可能になるのです。

もうひとつの教訓

機知があって、勇気があり、
生まれがよくて、良識があり、
ほかにも、天から授けられた
似たような天分があるというのは、
もちろん大きな利点ではあるでしょうが、
いくらそういうものをもっていても、
それだけでは身を立てることはできません。
それを活《い》かせるようになるためには、
名付け親というものが必要なのです。

とさか頭のリケ

Riquet à la Houppe

むかし、ある王妃が男の子を生みましたが、あまりにも醜くて不恰好《ぶかっこう》だったので、しばらくはこれがほんとうに人間の姿なのかと訝《いぶか》られたほどでした。誕生のときに立ち会った仙女が、それでもこの子は愛されるに値する人間になるだろう、と言いました。なぜなら、この子はとても知性ゆたかな人物になり、たったいま彼女が授けた天分のおかげで、最愛の相手にも自分とおなじくらいの知性をもたせることができるようになるからだというのでした。そんなふうに言われたので、醜い猿のような息子を生んでしまったことでひどく悩んでいた王妃も、多少は慰められました。

事実、この子は、言葉を話すようになるやいなや、どんどんすてきなことを言うようになり、行ないのすべてにきらめく才知が感じられたので、だれもがそれに魅せられるようになりました。そういえば、忘れていましたが、この子がこの世に生を受けたとき、頭の上に一房のとさかみたいな毛が生えていたので、とさか頭のリケ[*1]と呼ばれていたのでした。リケというのが苗字《みょうじ》だったのです。

その七、八年後、隣国の王妃がふたりの女の子を生みました。最初に生まれた子は日の光よりもきれいでした。王妃は天にも昇る喜びようで、あまり喜びすぎて体にさわるようなことがなければいいが、と人々は心配しました。小さなとさか頭のリケが生まれたときにも立ち会ったおなじ仙女がその場にいて、王妃の喜びを和らげようとして、この小さな王女はまったく知性のない人間になり、とても美しい分だけ逆に頭が弱くなるだろう、と告げました。

王妃はとても心を痛めましたが、しばらくすると、それよりはるかに大きな悩みを背負いこむことになりました。彼女が生んだ二番目の女の子がおそろしく醜かったのです。

「すこしも悲しむことはありませんよ、陛下」と仙女が言いました。「この娘さんはほかの部分でそれを埋め合わせられるようになります。この子はとてもゆたかな知性に恵まれ、人々は美しさが欠けていることにはほとんど気づかないくらいになるでしょう」

「どうかそうなりますように」と王妃は答えました。「それにしても、あんなに美しい長女にもすこしは知性がそなわるようにする方法はないのでしょうか？」

「知性については、わたしはなにもしてさしあげられません」と仙女は言った。「けれども、美しさに関してはなんでもできます。わたしは陛下のご満足のためにはどんなことでもするつもりですから、この子には自分が気にいった相手も美しくすることができる天分を授けてあげましょう」

ふたりの王女が成長するにしたがって、それぞれの美点も強くなり、どこに行っても長女の美しさと次女の知性ばかりが取り沙汰《ざた》されるようになりました。その一方で、ふたりの欠点も目立つようになり、次女はみるみるうちにますます醜く、長女は日に日にますます愚かになりました。長女は、人になにか聞かれても、なんとも答えられないか、ばかげた答えをするだけでした。そのうえひどく不器用で、磁器*2の壺《つぼ》をマントルピースの上に飾ろうとすれば、四つのうちひとつはかならず割ってしまうし、グラスの水を飲もうとすれば、半分は服の上にこぼしてしまうのでした。若い女《ひと》の美しさは大きな利点ではありますが、人が集まるところでは、ほとんどいつも次女のほうが長女より一段上でした。人は初めはきれいな娘のほうに行き、彼女を見て感嘆しますが、しばらくすると、さまざまな気分のいい話を聞くために、知性のある娘のほうに行きます。驚いたことに、十五分もすると、長女のまわりにはだれもいなくなり、みんなが次女を取り囲むようになるのでした。かなり頭が鈍かったとはいえ、長女もそれにはちゃんと気づいていて、妹の知性の半分でももらえるのなら自分の美しさのすべてを差し出してもいいと思っていました。王妃はとても物のわかった人でしたが、ときには長女の愚かな行ないを思わず咎《とが》めずにはいられないこともありました。そういうときには、この憐《あわ》れな王女は死ぬほどつらい思いをしたものでした。

ある日、この王女が森の奥に引きこもって、自分の不幸を嘆いていると、とても醜くて不愉快だが、すばらしく豪華な身なりをした小男がやってくる姿が見えました。それは若い王子のとさか頭のリケで、そこらじゅうに出まわっていた肖像画を見て彼女に恋心を抱いたリケは、本人に会って話をしたい一心で、父親の王国を出てきたのでした。ひとりでいる王女に巡り会って大喜びしたリケは、深い敬意をこめて、考えられるかぎり鄭重《ていちょう》に話しかけました。ふつうの挨拶《あいさつ》をしたあと、彼女がとても悲しそうにしていることに気づいたので、彼は言いました。

「こんなに美しい方がどうしてそんなに悲しげにしていらっしゃるのか、わたしにはすこしも理解できません。というのも、わたしはずいぶんたくさん美しい方を見てきましたが、あなたほどの美しさは一度も目にしたことがないからです」

「そんなふうにおっしゃられても……」と王女は答えましたが、それだけでした。

「美しさは」ととさか頭のリケはつづけました。「きわめて大きな美点で、ほかのすべての代わりになるはずです。ですから、それをもっているならば、そんなに大きな悲しみに打ちのめされるようなことはありえないはずです」

「わたしみたいにきれいでも、わたしほど愚かなよりは」と王女は言いました。「むしろあなたみたいに醜くても、知性があるほうがいいと思います」

「自分に知性がないと思うのは、じつは知性があることを示すなによりの証拠です。この財産の特徴は、それをもっていればもっているほど、ますます足りないと感じることなんですから」

「わたしにはそんなことはわかりません」と王女は言いました。「ただ、わかっているのは、自分がとても愚かだということで、わたしが死ぬほど悲しいのはそのせいなんです」

「あなたを苦しめているのがそれだけでしかないのなら、その苦しみに終止符を打つのは簡単です」

「どんなふうにするのでしょう？」と王女が聞きました。

「わたしは自分の最愛の人にならら、人がもてるかぎり最高の知性を与える能力をもっています」ととさか頭のリケは言いました。「しかも、わたしがいちばん愛しているのはあなたなので、最高の知性をもてるようになるかどうかはあなた次第で、わたしと結婚してさえいただければいいんです」

王女はただ呆然《ぼうぜん》とするだけで、なんとも答えられませんでした。

「この申し出にお悩みになっているようですが」ととさか頭のリケは言いまし

た。「驚きもしません。わたしはまる一年お待ちするつもりですので、そのあいだに答えを出していただければけっこうです」

王女はあまりにも知性が乏しく、同時になんとしても知性が欲しいと思っていたので、ひょっとすると一年先というのは永遠に来ないのではないかと思いました。それで、彼女はその申し出を受けいれることにしたのです。一年後のおなじ日にとさか頭のリケと結婚すると約束したとたんに、彼女はそれまでとはまったく違う自分になった感じがしました。信じられないほどやすやすと彼の喜びそうなことをなんでも言えるようになり、しかも、繊細な、余裕のある、自然な言い方ができたのです。その瞬間から、彼女はとさか頭のリケと優雅で気品にみちた会話をはじめ、あまりにも強烈な輝きを放ったので、彼は自分自身よりゆたかな知性を与えてしまったのではないかと思いました。

彼女が城に戻ると、その突然の驚くべき変化をどう考えればいいのか、宮廷のだれもが戸惑いました。なぜなら、以前は場違いで不作法なことばかり言っていたのに、いまではこの王女はとても良識のある、じつに機知に富むことしか言わなかったのです。宮廷全体が歓喜に沸き、喜ばなかったのは次女くらいでした。この妹はもはや姉より才気ゆたかだという取り柄がなくなり、姉のかたわらではひどく不愉快な牝猿《めすざる》にしか見えなくなってしまったからです。

王様は長女の意見を聞いて行動するようになり、ときには彼女の部屋で国務会議をひらくことさえありました。この変化の噂《うわさ》がひろまると、近隣王国の王子がこぞって彼女に気にいられようとするようになり、ほとんど全員が彼女に結婚を申し込みました。けれども、十分才知に長《た》けていると思える王子はいなかったので、彼女は話を聞くだけで、だれともなんの約束もしませんでした。

そうこうするうちに、強大な権力をもち、大の資産家で、才気煥発《かんぱつ》、しかもすてきな容姿をした王子が現れたので、彼女は好意を抱かずにはいられませんでした。それを見た彼女の父親は、彼女の思いどおりに夫を選んでかまわないから、自分の考えをはっきり言えばいいと言いました。この種の問題に関しては、知性があればあるほど揺るぎない決断をくだすのがむずかしくなるもので、彼女は父親に礼を言ったあと、すこし考える時間をくれるように頼みました。そして、どうすべきかをゆっくり考えるため、たまたまとさか頭のリケと出会った森に散歩に行きました。

すっかり考えに耽《ふけ》りながら歩いていると、足下からかすかな物音が聞こえてきました。まるで何人もの人たちが行ったり来たりしながら、なにかの仕事をしているようでした。注意深く耳を澄ましてみると、ひとりが「その鍋《なべ》を取ってくれ」と言ったかと思うと、もうひとりが「その大釜《おおがま》をこっちへ」と言い、さらに別のひとりが「この火に薪《まき》をくべてくれ」と言っているのが聞こえました。それと同時に、地面にぽっかり口があいて、足下から大きな厨房《ちゅうぼう》が現れ、料理人や、下働きや、大宴会の準備に必要なありとあらゆる廷臣たちがおおぜいいるのが見えました。その穴のなかから二十人か三十人の焼肉係が出てくると、森の小道のとても長いテーブルに陣取って、肉刺し棒[*3]を片手に、キツネの[*4]

尻尾《しっぽ》を耳の上にぶらさげて、調子のいい唄声《うたごえ》のリズムに合わせて働きはじめました。それを見てびっくりした王女は、だれのために働いているのかと聞きました。

「とさか頭のリケ王子のためです」と一同のなかでいちばん目立つ男が言いました。「あしたが結婚式なんです」

王女は初めよりもっと驚きましたが、そういえば、一年前のおなじ日にとさか頭のリケ王子と結婚する約束をしたことをふいに思い出し、あやうく卒倒するところでした。それをすっかり忘れていたのは、その約束をしたときには、彼女はまだとても頭が弱く、そのあと王子から与えられた新しい知性を身につけたとたんに、それ以前の愚かな言動をすっかり忘れてしまったからでした。

彼女は散歩をつづけましたが、まだ三十歩も進まないうちに、とさか頭のリケが目の前に現れました。品のある、晴れがましいいでたちで、いまにも結婚しようとしている王子みたいでした。

「ごらんのとおり、わたしはきちんと約束を守るつもりです」と彼は言いました。「もちろん、あなたも約束を守るために、わたしとの結婚を承諾して、わたしをすべての男のなかでいちばん幸せな男にしてくださるために、ここにいらっしゃったにちがいないと思いますが」

「正直なところ」と王女は答えました。「そのことについては、わたしはまだ心を決めていないんです。しかも、あなたの望むようなかたちで決心することはできないのではないかと思います」

「それは驚きです」と、とさか頭のリケは言いました。

「そうでしょうね」と王女は言いました。「もしも相手がなんの知性もない、不躾《ぶしつけ》な男だったら、わたしはほんとうに困っていたと思います。そんな男なら、王女に二言《にごん》はないはずだ、そう約束したのだから、結婚してもらうしかないと言ったでしょう。でも、いまわたしがお話ししているのは、この世でいちばん知性ゆたかな方ですから、理解していただけるにちがいないと信じています。

ご存じのように、わたしが愚かな娘でしかなかったとき、それでもあなたと結婚する決心はつきませんでした。あなたから知性を与えられ、人の好みがむずかしくなっているいま、あのころでさえできなかったことをどうすれば決心できると言うのでしょう？　本気でわたしと結婚しようと考えていたのなら、わたしから愚かさを取り除き、物事がそれ以前よりはっきり見えるようにしてくださるべきではなかったのです」

「おっしゃるように、知性のない男なら約束を違《たが》えたと非難しても許されるのだとすれば」と、とさか頭のリケは答えました。「自分の一生の幸福に関わる問題について、どうしてわたしが非難することは許されないのでしょう？　知性のある人間がそれをもたない人間より悪い条件を押しつけられるというのは道理にかなうことでしょうか？　あれほどまでに知性を欲しがり、いまやゆたかな知性をおもちのあなたが、そんなことを主張できるのでしょうか？　それはともかく、本題に入りましょう。醜さは別として、ほかにもわたしにはなにかお気に召さない点があるのでしょうか？　わたしの生まれや、知性や、気質や、振る舞いがご不満なのでしょうか？」

「すこしもそんなことはありません」と王女は答えました。「ほかの点ではすべてが気にいっているんです」

「それなら、わたしは幸せになれると思います。というのも、あなたがわたしをすべての男のなかでいちばん魅力的な男にすることができるからです」

「どうすればそんなことができるのかしら？」と王女が言いました。

「そうなってほしいと願うほどあなたがわたしを愛してくだされば、そうできるのです」と、とさか頭のリケが答えました。「お疑いかもしれませんから申し上げますが、わたしが生まれた日に、自分の気にいった相手に才知を与える天分を授けてくれたそのおなじ仙女が、あなたには、自分が愛するようになり、その恩恵を施したいと思うようになった相手を美しくする天分を与えたのです」

「そういうことならば」と王女は言いました。「わたしはあなたが世界一男前で、世界一魅力的な王子様になるように心の底から祈ります。そして、わたしのなかにあるかぎりの美しさをあなたに贈りたいと思います」

王女がそう言うやいなや、彼女の目には、とさか頭のリケはたちまち世界一男前で、見たこともないほどすてきな体軀《たいく》で、しかも最高に感じのいい男に見えるようになりました。

なかには、これはすこしも仙女の魔力が働いたからではなく、愛によって変身がもたらされたのだと主張する人たちもいます。自分に恋をしているこの男の根気強さや慎み深さ、その心や知性のさまざまな美点についてじっくりと考えているうちに、その体の不恰好さや顔の醜さは王女の目に入らなくなり、背中のこぶは伊達男《だておとこ》が背中をまるめて気取っているようにしか見えず、それまでひどく足を引きずっているように見えた歩き方も、ちょっと体を傾けた満更でもない歩き方にしか見えなくなったというのです。さらに、斜視の目はただ輝きを増しているだけで、焦点がずれているのは激しすぎる愛情のしるしであり、赤くて大きな鼻にさえどこか男らしく英雄的なところがあると思えるようになったのだというわけです。

それはともかく、王女はすぐにその場で、自分の父親である王様が認めてくれれば結婚すると約束しました。王様は、以前からとさか頭のリケがとても知的で、品行方正なことを知っていたので、娘がこの王子に思いを寄せていることを知ると、花婿《はなむこ》として迎えることを喜んで承諾しました。そして、翌日にはさっそく、とさか頭のリケがそうするつもりでずっと以前から命じておいたとおりに、婚礼の儀式が行なわれました。

教訓

この話のなかから見えてくるのは、

架空のお伽噺《とぎばなし》というよりはむしろ現実そのもので、
愛する人のものはすべてが美しく見え、
愛する人は知性があるように見えるということなのです。

もうひとつの教訓

生まれつき顔立ちが美しく、
芸術にも真似《まね》のできない色合いの
艶《あで》やかな色つやに恵まれているとしても、
そういうものは
愛が発見させてくれる
目に見えないただひとつの魅力ほどに
人の心を動かすことはできないのです。

親指小僧

Le Petit Poucet

むかし、男の子ばかり七人こどものいる木樵《きこり》の夫婦がありました。長男はまだ十歳、末っ子は七歳でした。木樵がこれほど短期間にこんなにたくさんこどもをつくったことに驚かれるかもしれませんが、木樵の妻が手早く仕事を片付けたうえ、一度に少なくともふたりずつ生んだのです。

一家は非常に貧しくて、まだだれひとり稼ぐことができなかったので、七人のこどもが大きな負担になっていました。そのうえ、末っ子がひどくひ弱で、言葉を話さなかったので、両親は心を痛めていました。じつは、それは頭のいい証拠だったのですが、知恵が遅れていると勘違いしていたのです。この子はとても小さくて、この世に生を受けたときにはせいぜい親指くらいしかなく、そのため親指小僧と呼ばれていました。この憐《あわ》れな子は家ではいじめの的になり、悪いのはいつもこの子だということにされていましたが、兄弟のなかでいちばん利口で、抜け目がなく、言葉こそあまり話しませんでしたが、人の言うことはよく聞いていました。

ある凶作の年、飢饉《ききん》があまりにもひどくなり、憐れな両親はこどもたちを厄介払いする決心をしました。ある夜、こどもたちが寝てしまい、木樵と妻が火のそばにいたとき、木樵は胸が締めつけられる思いをしながら言いました。

「おまえもわかっているだろうが、もうこれ以上こどもたちを食べさせてはいけない。目の前でこどもたちが飢え死にするのを見てはいられないから、あした森に置き去りにすることに決めた。むずかしいことはないだろう。こどもたちが夢中になって柴《しば》を集めているあいだに、姿を見られないようにして逃げ帰ってくればいいんだから」

「ああ！」と木樵の妻は叫びました。「あんたは自分で自分のこどもたちを置き去りにしてくることができるのかい？」

夫がいくら自分たちのひどい貧しさを言い立てても、妻は承服しませんでした。たとえどんなに貧しくても、こどもたちの母親だったからです。にもかかわらず、目の前でこどもたちが飢えて死んでいくのを見るのがどんなに苦痛かを考えると、最後にはそれを受けいれざるをえず、彼女は泣きながら寝に行きました。

親指小僧はその一部始終を聞いていました。というのも、両親がその話をするのをベッドのなかから聞きつけると、そっと起き出して、父親の腰掛けの下にもぐり込み、姿を見られずにすっかり聞いてしまったからです。そのあと、彼はまた寝に行きましたが、朝まで一睡もできず、どうすればいいかずっと考えていました。

彼は朝早く起きると、小川の岸辺に行き、ポケットに白い小石をいっぱい詰めこんで、家に戻りました。それから、みんなで出発しましたが、親指小僧は兄たちには自分の知っていることを一言も打ち明けませんでした。一同は森のかなり鬱蒼《うっそう》としたあたりにまで入りこみ、十歩も離れると、たがいの顔が見えなくなるほどでした。木樵は木を切りはじめ、こどもたちは柴を集めて束を作りはじめました。こどもたちが仕事に夢中になっているのを見た父親と母親は、少しずつ彼らから遠ざかり、それから一気にまわり道から逃げだしました。

自分たちだけになってしまったことに気がつくと、こどもたちは力のかぎり大声で泣いたり叫んだりしはじめました。親指小僧はどうすれば家に帰れるか知っていたので、兄たちが泣き叫ぶままにしておきました。歩きながら道沿いにポケットの白い小石を撒《ま》いてきたのです。それから、彼は言いました。

「心配はいりません、兄さんたち。父さんと母さんはぼくたちを置き去りにしたけれど、ぼくが家に連れ戻してあげます。兄さんたちはぼくのあとに付いてくればいいんです」

兄たちは末っ子のあとに付いていき、彼は森にやってきたときとおなじ道をたどって、みんなを家に連れ戻しました。初めは家のなかに入っていく勇気がなかったので、全員がドアに体を押しつけて、父親と母親が言っていることに耳を澄ましました。

木樵とその妻が家に戻ったとき、村の領主様からずっと以前に受け取れるはずだったが、もうまったく期待していなかった十エキュ[*1]が送られてきました。それで飢え死にしかけていた憐れな夫婦は息を吹き返したのです。木樵はすぐさま妻を肉屋に行かせました。ずいぶん長いことなにも食べていなかったので、妻はふたりの夕食に必要な量の三倍もの肉を買ってしまいました。お腹《なか》がいっぱいになると、木樵の妻が言いました。

「ああ、かわいそうなこどもたちはいまごろどこにいるかしら？　この残りを喜んで食べただろうに。それにしても、ギョーム、置き去りにしてこようと言いだしたのはあんたなんだよ。後悔することになるだろうってわたしが言ったのに。あの森のなかでいまごろどうしているだろう？　ああ、神様、きっと狼《おおかみ》に食べられてしまったにちがいない！　あんたはたいした人でなしだよ、あんなふうにこどもを置き去りにするなんて」

　後悔するにちがいないとわたしがあんなに言ったのに、と妻が二十回以上も繰り返したので、木樵はしまいには我慢できなくなり、いいかげんに黙らないとぶん殴るぞと脅しました。木樵も妻以上に悲しんでいないわけではなかったのですが、妻があまりにもしつこく言ったからです。それに、多くの男たちとおなじように、この木樵も正しいことを言う女は嫌いではありませんでしたが、いつも正しいことばかり言う女はうるさがる気質《たち》だったのです。妻はわっと泣きだしました。「ああ、こどもたちはいまごろどこにいるんだろう、わたしのかわいそうなこどもたち」彼女がひとたび大声でそう叫ぶと、戸口にいたこどもたちにもそれが聞こえて、一斉に叫びだしました。

「ぼくたちはここだよ。ここにいるよ」

彼女はドアに走り寄ってあけると、こどもたちを抱きしめながら言いました。「また会えてどんなにうれしいことか、愛《いと》しいこどもたちよ！　疲れたろう？　お腹が空《す》いているだろう？　それから、ピエロ、おまえ、泥だらけじゃないか。おいで、洗ってあげるから」

ピエロというのは長男で、木樵の妻はほかのこどもたちよりもとくにかわいがっていたのです。この子は赤みがかった髪をしていて、彼女も髪がすこし赤いからでした。こどもたちはテーブルに着いて、旺盛《おうせい》な食欲で食べはじめ、父親と母親はそれを見て喜びました。森のなかでどんな怖かったか、こどもたちはほとんど一斉に話しました。

善良なる夫婦はこどもたちを取り戻せて大喜びし、その喜びは十エキュがなくなるまでつづきました。しかし、やがてお金が底をつくと、一家はまた初めの苦境に追いこまれ、もう一度こどもたちを森に置き去りにする決心を固めました。今度は失敗しないように、最初のときよりもっと遠くに連れていくことにしたのです。

両親がどんなにこっそり話しても、親指小僧に聞かれずには済みませんでした。彼はこんども前回みたいになんとか窮地を切り抜けようとかたく心に決めました。しかし、朝早く起きて小石をひろいにいこうとすると、ドアに二重の錠が下りていて、そうはできませんでした。どうしようかと考えていると、木樵の妻がこどもたちのお昼としてひとりに一切れずつパンをくれたので、小石の代わりにこのパンをちぎって道沿いに撒いていけばいいだろうと思いつき、彼はポケットのなかのパン切れをギュッとにぎりしめました。

父親と母親はこどもたちを森のいちばん鬱蒼とした、いちばん暗い場所に連れていき、そこに着くやいなや、わき道にまわって置き去りにしました。親指小僧はあまり心配しませんでした。通り道にずっとパン屑《くず》を撒いてきたので、簡単に帰り道を見つけられるだろうと思っていたからです。ところが、驚いたことに、パン屑はひとかけらも見つかりませんでした。小鳥たちがやってきて、残らず食べてしまったのです。

というわけで、歩けば歩くほど道がわからなくなり、森の奥に迷いこむだけになって、こどもたちは途方にくれました。夜になり、強風が吹き起こると、恐怖に縮み上がりました。どちらを向いても、聞こえるのは狼の遠吠《とおぼ》えばかりで、狼がだんだん彼らを食べに近づいてくるようでした。おたがいに話したり、思いきって後ろを振り返ることさえほとんどできませんでした。激しい雨が降りだして、骨の髄までびしょ濡《ぬ》れになり、一足ごと足を滑らせて泥のなかに倒れました。なんとか立ち上がっても全身泥まみれになってしまい、自分たちの手をどうしたらいいのかわかりませんでした。

親指小僧が一本の木の天辺《てっぺん》までよじ登って、なにか見えないかと見まわすと、森の彼方《かなた》にロウソクのように小さな明かりが見えました。けれども、木から下りて地面に立つと、なにも見えなくなったので、とてもがっかりしました。それでも、明かりの見えた方角にみんなでしばらく歩いていき、森から出ると、ふたたびそれが見えましした。しかし、窪地《くぼち》に下りるたびに見えなくなるので、何度も恐怖に襲われながら、ようやくそのロウソクの明かりの見える家にたどり着きました。ドアをたたくと、年配の女が出てきて、何の用かと尋ねました。自分たちは森で迷子になった憐れなこどもたちで、お情けで一晩泊めてもらいたいのだが、と親指小僧は言いました。こどもたちがみんなとてもかわいいのを見て取ると、女は泣きだしながら言いました。

「ああ、かわいそうなこどもたち！　よりによってこんなところに来るなんて！　ここは幼いこどもを食べる人食い鬼の家だと知らなかったのかい？」

「ああ、おばさん」と、兄たちとおなじように全身ブルブル震えながら、親指小僧が言いました。「ぼくたちはどうすればいいんでしょう？　この家に匿《かくま》ってもらえなければ、ぼくたちは今夜中に狼に食べられてしまうにちがいありません。そのくらいなら、ぼくたちはむしろここのおじさんに食べられるほうがまだマシです。おばさんからよく頼んでもらえれば、もしかするとぼくたちを憐れに思ってくれるかもしれないし」

人食い鬼の妻は、翌朝まで夫に隠しておけるかもしれないと思ったので、こどもたちをなかに入れてやり、体を温めるために、よく燃えている火のそばに連れていきました。人食い鬼の夕食用に羊を丸々一頭、串《くし》に刺して火にかけてあったのです。こどもたちの体が温まりかけたとき、ドアを三、四回たたく大きな音が聞こえました。人食い鬼が帰ってきたのでした。妻はとっさにこどもたちをベッドの下に隠して、ドアをあけに行きました。

人食い鬼はまず、夕食の支度はできているか、ワインを樽《たる》から出してあるかと聞いてから、テーブルに着きました。羊はまだ血がしたたるほど生でしたが、人食い鬼にはそのほうが美味《おい》しそうに見えました。彼は右や左の匂《にお》いを嗅《か》いで、新鮮な生肉の匂いがすると言いました。

「それは」と彼の妻が言いました。「わたしが皮を剝《は》いで準備したばかりの仔《こ》牛《うし》の匂いにちがいないわ」

「もう一度言うが、おれは新鮮な生肉の匂いがすると言ってるんだぞ」と、妻を疑いの目でにらみながら、人食い鬼が言いました。「なんだかわからないが、なにかある」そう言いながら、人食い鬼はテーブルから立ち上がると、まっすぐベッドに歩み寄りました。「ほうら」と彼は言いました。「これが証拠だ。おまえはおれを騙《だま》そうとしたな、性悪女め！　いったいどうしておまえも食べてしまわないのかわからないね。年を食ったババアでよかったな。これだけの獲物があれば、近いうちにやってくる三人の人食い鬼の友人をもてなすのにちょうどいい」

彼はこどもたちを次々にベッドの下から引きずり出しました。憐れなこどもたちはひざまずいて、慈悲を乞《こ》いました。けれども、相手は人食い鬼のなかでももっとも残忍な鬼だったので、こどもたちに憐れみを抱くどころか、すでに目でむさぼり食っており、妻に向かって、おまえがうまいソースをつくれば、なかなかいける料理になるだろうと言いました。彼は大包丁を取りにいき、左手に持った細長い砥石《といし》で研ぎながら、憐れなこどもたちに近づきました。そして、ひとりをむんずと捕まえたとき、妻が言いました。

「こんな時刻にどうするつもり？　あしたの朝、いくらでも時間があるでしょうに」

「黙れ」と人食い鬼が言いました。「肉はすこし寝かせたほうが風味が出るんだ」

「でも、まだたくさん肉があるんだよ」と妻がつづけました。「仔牛もあるし、羊が二頭、それから豚の半身もあるんだから！」

「たしかにそうだな」と人食い鬼は言いました。「じゃ、痩《や》せてしまわないように、ちゃんと夕食をくわせてから、寝に連れていけ」

妻はとても喜んで、きちんとした夕食を運んできましたが、こどもたちは恐怖にすくんで食べることができませんでした。人食い鬼は、友人たちに御馳走《ごちそう》するものができたことで上機嫌になり、あらためて酒を飲みだしました。そして、ふだんより十杯以上よけいに飲んだので、ちょっと頭がくらくらして、寝に行かずにはいられませんでした。

人食い鬼には、まだこどもでしたが、七人の娘がありました。この幼い人食い娘たちは、父親とおなじように新鮮な生肉を食べていたので、みんなとてもいい血色をしていました。ただ、小さな目は灰色でまんまるく、鼻は鉤鼻《かぎばな》で、ひどく大きな口にはとても鋭くて長い歯が隙間《すきま》だらけに並んでいました。まだそんなに危険ではなかったものの、末恐ろしい娘たちで、すでに幼いこどもに嚙《か》みついて血を吸ったりしていました。夜は早く寝かされて、七人いっしょに大きなベッドに入り、それぞれ金の冠をかぶっていました。その寝室にもうひとつおなじ大きさのベッドがあって、人食い鬼の妻はそのベッドに七人の男の子を寝かせると、自分は夫のそばに寝に行きました。

親指小僧は、娘たちが金の冠をかぶっていることに気づきました。人食い鬼が前夜のうちに獲物を殺しておかなかったことを後悔するのではないかと心配して、彼は夜中になると起き出して、兄たちと自分の縁なし帽《ボネ》を取り、それをそっと七人の娘の頭にかぶせに行きました。娘たちから脱がせた金の冠は兄たちと自分の頭にかぶせ、人食い鬼が自分たちを娘に、娘たちを殺すつもりの自分たちに取り違えるようにしたのです。

実際、親指小僧が思っていたとおりに事が運びました。夜中に目を覚ました人食い鬼は、前の晩にやればできたことを翌日に延ばしたのを後悔し、ベッドからがばと跳ね起きると、大包丁を手に取って、言いました。

「あのガキどもがどうしているか見にいってみよう。こんどは先に延ばしたりはしないぞ」

彼は手探りで娘たちの寝室にのぼっていくと、男の子たちのベッドに近づきました。みんなが眠っていましたが、親指小僧だけは別で、人食い鬼が兄たちの頭に順にふれてから、彼の頭にも手でさわったときには、恐怖で息も止まりそうでした。指先に金の冠を感じた人食い鬼は言いました。

「まったく、とんでもないヘマをするところだった。どうもゆうべは飲みすぎたようだ」

それから、娘たちのベッドに近づくと、男の子たちの縁なし帽が手にふれたので、言いました。

「ああ、こっちにいたのか！　この小僧どもめ！　思いきりやってやろうじゃないか」そう言いながら、なんのためらいもなく七人の娘を切り刻み、手際《てぎわ》よく仕事を片付けたことに満足して、妻のそばに寝に戻りました。

人食い鬼がいびきをかくのが聞こえるとすぐに、親指小僧は兄たちを起こし、急いで服を着て、自分のあとに付いてくるように言いました。彼らはそっと庭に下りて、塀を乗り越え、ほとんど一晩中ずっと震えながら、どこに向かっているかもわからずに走りつづけました。

人食い鬼は目を覚ますと、妻に言いました。

「階上《うえ》に行って、夜のためにきのうのガキどもの支度をしておけ」

人食い鬼の妻は夫の親切さにとても驚きました。というのも、男の子たちを食べるための下準備をしろと言われたのだとは気づかず、服を着せて支度をしてやれと言われたのだと思ったからです。ところが、二階に行くと、自分の七人の娘が喉《のど》を掻《か》き切られて、血の海のなかに転がっていたので、彼女は愕然《がくぜん》としました。そして、即座に気を失ってしまいました（こういう場合、ほとんどすべての女性が第一に見つける対応策が気絶することだからです）。

言いつけた仕事を片付けるのにあまりにも時間がかかりすぎるのを不審に思った人食い鬼は、手を貸そうとして階上《うえ》に上がっていきましたが、その場の恐ろしい光景を目にして、妻に負けないほど仰天しました。

「ああ、なんてことをしでかしちまったんだ」と彼は叫びました。「畜生どもめ、このお返しはさせてもらうぞ。いますぐに」彼はすぐに水差し一杯の水を妻の鼻に振りかけて、意識を取り戻させました。「すぐに七里の長靴をもってこい」と彼は言いました。「あいつらを捕まえにいくんだから」

彼はさっそく追跡をはじめ、あらゆる方角に遠くまで走りまわったあげく、憐れなこどもたちが歩いている道に差しかかりました。こどもたちは父親の家まであと百歩のところまで来ていたのですが、人食い鬼が山から山へと飛び歩き、いくつもの川をまるで小さな小川みたいに渡ってくるのが見えました。親指小僧は、すぐそばに岩の割れ目を見つけると、そこに六人の兄たちを隠し、自分も身を隠して、人食い鬼がどうするか見張っていました。

なにも見つけられずに長距離を走りまわった人食い鬼はへとへとになっていました（というのも、七里の長靴はかなり体力を消耗させるからです）。ちょっと一休みするつもりで、たまたま男の子たちが隠れている岩に腰をおろしたのですが、すっかり疲れ果てていたせいか、しばらく休んでいるうちに眠りこんでしまいました。そのいびきがあまりにも恐ろしかったので、こどもたちは彼が大包丁を振り上げて喉を掻き切ろうとしていたときとおなじくらい恐怖に震えました。けれども、それほどは怖がっていなかった親指小僧は兄たちに向かって、人食い鬼がぐっすり眠っているうちに急いで家に逃げ帰るように、自分のことは心配しないようにと言いました。兄たちはその忠告に従って、まもなく家にたどり着きました。

親指小僧は人食い鬼に近づいて、そっと長靴を脱がせると、それを自分で履きました。長靴は深すぎるうえ、ぶかぶかでしたが、魔法の靴だったので、履く人の足に合わせて伸び縮みするようにできていて、まるで誂《あつら》えたかのように、深さも足のサイズも親指小僧にぴったりになりました。

親指小僧がまっすぐ人食い鬼の家に行くと、家では彼の妻が喉を掻き切られた娘たちのそばで泣いていました。「ご主人がとても危険な目に遭《あ》っています」と親指小僧は言いました。「盗賊の一味に捕まって、金銀を残らず差し出さないかぎり、殺すと脅されているんです。喉に短剣を突きつけられていたんですが、そのときぼくの姿を見つけ、あなたにこのことを知らせて、ぼくに全財産を渡すように言ってくれと頼まれました。そうしないかぎり、ご主人は情け容赦もなく殺されてしまうでしょう。一刻の猶予《ゆうよ》も許されなかったので、できるだけ早く来られるように、そして、ぼくが嘘《うそ》つきでないことが奥さんにわかるように、ほら、この七里の長靴を貸してくれたんです」

人食い鬼の妻はひどく心配して、すぐに全財産を彼に渡しました。というのも、幼いこどもを食べたりはしても、人食い鬼はかなりいい夫ではあったからです。こうして、親指小僧は人食い鬼の全財産を背負って父の家に戻り、大喜びで迎え入れられたのでした。

この最後の部分には異をとなえる人たちも少なくありません。親指小僧は人食い鬼の財産を盗んだりはしなかったし、七里の長靴を盗むことに良心の呵責《かしやく》を感じなかったのも、人食い鬼がそれをもっぱら幼いこどもたちを追いかけるために使っていたからだというのです。これは信頼できる筋からの情報であり、自分たちは木樵の家で飲んだり食べたりしたことさえあるのだ、と彼らは主張しています。そういう人たちによれば、人食い鬼の長靴を履いた親指小僧は、じつは宮廷に行ったのだというのです。

宮廷の人々は二百里離れたところに送った軍隊のことを、その戦いがどうなっているかをとても心配していました。それを知っていた親指小僧は、王様に会いにいって、お望みなら、その軍隊についての情報をその日のうちに持ち帰ってみせると言ったのです。王様は、それができるなら大金を授けようと約束しました。親指小僧は夕方には早くもその情報を持ち帰り、この最初の仕事で名を知られるようになって、いくらでも稼げるようになりました。というのも、王様の命令を軍隊に伝えれば、申し分のない謝礼を稼げたし、数知れない貴婦人たちが戦場にいる愛人の情報を入手するためには金に糸目をつけなかったので、それが大変な収入源になったからです。なかには夫への手紙を彼に託す婦人もいましたが、こちらは微々たる謝礼しか払おうとしなかったので、たいした稼ぎにはならず、計算に入れるまでもありませんでした。

しばらくそういう伝令役の仕事をつづけて、たっぷりお金を貯めてから、彼は父親の家に戻りましたが、親指小僧と再会した家族の喜びようは想像を絶するものでした。彼は家族みんなが楽に暮らしていけるようにしてやりました。父親と兄たちには新しく創設された官職の地位を買いとって、全員をそれなりの地位につけてやり、同時に、自分もじつに立派に宮仕えをしたということです。

教　訓

こどもがたくさんいても、
みんながかわいらしく、容姿にすぐれ、すらりと背が高くて、
輝くような外見をしているならば、
すこしも悩んだりはしないでしょう。
けれども、そのうちひとりがひ弱だったり、

言葉を話さなかったりすると、
その子をばかにしたり、からかったり、罵《のの》ったりしがちです。
ところが、それにもかかわらず、一家に幸せをもたらすのは、
この醜い小猿だったりするのです。

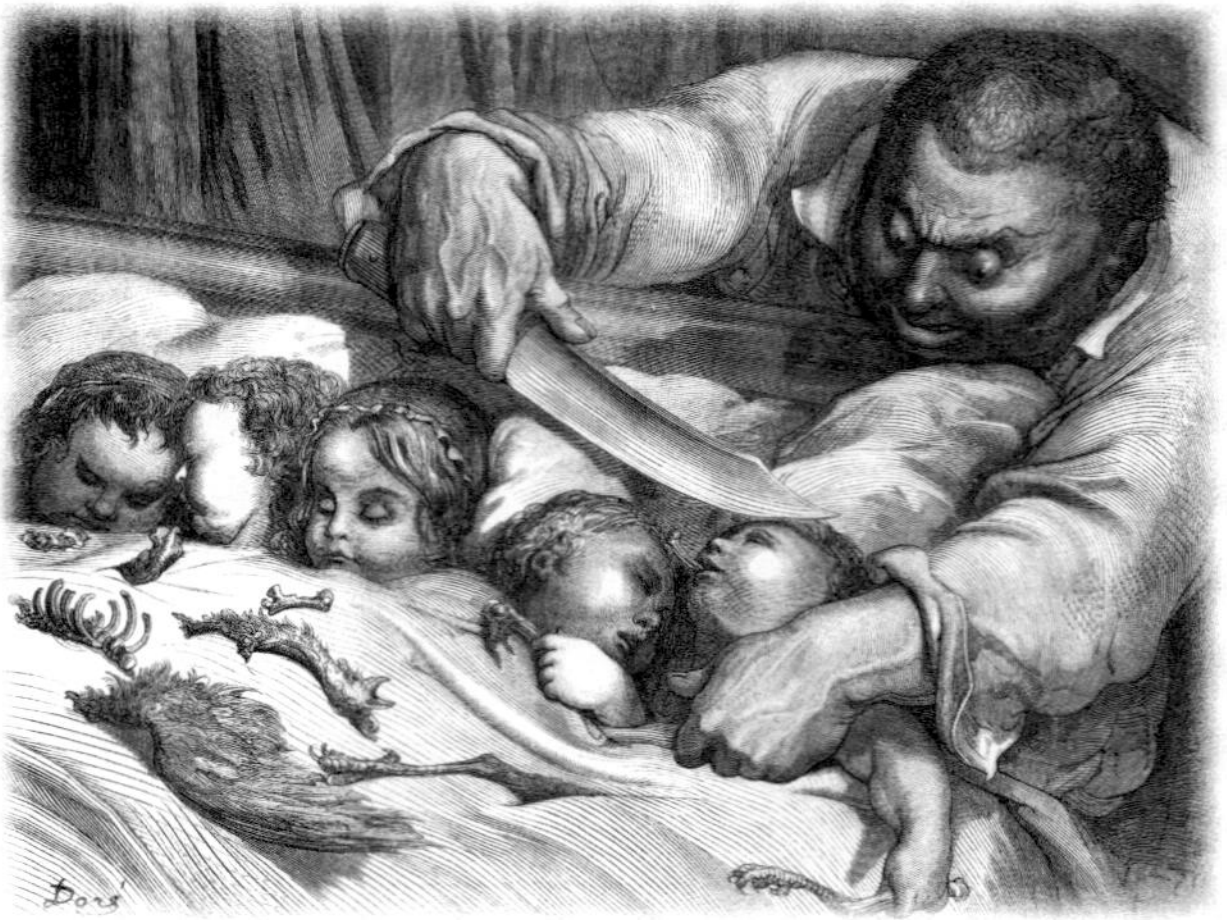
Doré

訳註

眠れる森の美女

＊1　天分　お伽噺《とぎばなし》では、こどもが生まれると、仙女がやってきて、その子になんらかの天分（素質）を授けてくれることになっていた。ボードレールの散文詩集『パリの憂鬱《ゆううつ》』にも「仙女たちの贈り物」という一篇がある。

＊2　ハンガリー王妃の水　もとはハンガリーのエルジュビェタ王妃のために創《つく》られたローズマリー入りのアルコール製剤で、天使から製法を教わった王妃は年老いてもこれで美貌《びぼう》を保ったという伝説があり、気付け薬としても効果があったという。

＊3　騒ぎを聞きつけて上がってきた王様　王様は別荘に出かけて留守だった

のではないか、という疑問に応えて、ここを「城に戻っていた王様が、騒ぎを聞きつけて上がってくると」とした異本もある。

＊4　七里の長靴　日本の駅伝制のようにヨーロッパでも中世には、通信や輸送のために、主要街道筋に宿駅が整備され、そこに駅馬が用意された。この駅と駅のあいだの距離が原則的には七里とされ、次の駅からもとの駅に馬を戻す騎乗御者の履く長靴が「七里の長靴」と呼ばれた。ペローはそれを魔法の長靴に擬した。

＊5　ドラゴン　西洋のドラゴンは体が鱗《うろこ》に覆《おお》われ、火炎を吐き、たいていは翼があって、空を飛ぶとされていた。

＊6　ひだ襟《コレ゠モンテ》　エリザベス一世やアンリ四世の肖像画などに見られる、ひだを寄せた円形または扇形の襟飾《えりかざ》りで、この物語が出版される百年ほど前に流行した。

＊7　ソース・ロベール　タマネギのみじん切りを炒《いた》め、白ワインと酢、少量

の小麦粉を加えて煮詰めてから、塩・胡椒《こしょう》・マスタードを加えたソースで、ポークソテーなどの肉料理に合うとされる。

＊8　駅馬　宿駅ごとに用意されている馬。

赤頭巾《あかずきん》ちゃん

＊1　ガレット　むかし、田舎では、パンを焼くため窯《かま》に火を入れる日には、まだ火の残っている窯の灰のなかで、こどもや下女たちのために、小さな薄い菓子を焼いたという。

＊2　風車小屋　パリの「ムーラン・ルージュ」で知られるムーランという言葉は、水車または風車（小屋）を指す。ムーランだけではどちらかわからないので、「粉ひき小屋」と訳されたりもするが、ここでは前後関係から風車小屋とした。

＊3　取っ手を引くと、閂《かんぬき》が外れる　一説によれば、これはかつて農家の納屋《なや》

などに使われていた原始的な錠で、丸い棒がドア枠の柱の穴に差し込まれて閂になり、その閂に付いている短い紐《ひも》がドアの穴から外側に垂れさがっていて、その先端に結ばれた取っ手を引くと、ドアの内側の閂が外れる仕組みだという。

青ひげ

＊1　竜騎兵《ドラゴン》　竜騎兵はもとは統一された軍隊ではなく、民兵と義勇兵、歩兵と騎兵の入り交じった部隊だったが、ルイ十四世の時代には一万人を超える大部隊になっていた。

＊2　近衛銃士《このえじゅうし》　「三銃士」でお馴染《なじ》みの銃士《ムスクテール》は、本来はマスケット銃を持つ歩兵または乗馬歩兵で、ルイ十四世の時代には国王の護衛銃士隊として名をとどろかせていた。

＊3　隊長の地位を買って　フランス革命以前のアンシャン・レジーム時代には、公職や貴族の身分を買い取ることができた。

猫の親方または長靴をはいた猫

＊1　粉ひき小屋　水車小屋または風車小屋で、ここではたぶん水車小屋だろう。かつて、農民は収穫した小麦を水車（または風車）小屋に運んで、粉ひきに製粉してもらい、パンを作って、共同のパン焼き窯《がま》に持っていって焼いてもらっていた。日本でもかつては精米所（米屋）が統制されていたように、粉ひき小屋も長いあいだ領主によって管理されていた。

＊2　大きなネズミや小さいネズミ　英語のラットとマウスに相当する呼び方で、大きなネズミ（rat）はドブネズミやクマネズミなどの比較的大型のネズミ、小さいネズミ（souris）はハツカネズミなどの比較的小型の（かわいいというイメージのある）ネズミを指すが、生物学的に正確な分類ではなく、日本語のネズミのようにその両方を一般的に指す言葉はない。

＊3　ウサギがたくさんいる森　かつては領主が狩猟権をもつ森や草地が各地

にあり、農民たちもウサギなど小型の獲物を獲《と》ることは許されていた。

仙女たち

＊1　半里　ここで里としたのは古い距離の単位「リュー（lieue）」。一リューの長さは国や地方によって差異があったが、ほぼ四キロメートルで、日本の一里も約四キロメートルであることから、厳密には一致しないが、便宜的に里と訳されることが多い。半里は約二キロメートル。

サンドリヨンまたは小さなガラスの靴

＊1　灰《サンドル》のなかに坐《すわ》った　むかしは調理にも使われていた暖炉の前の灰で汚れた場所に坐ったということだろう。灰は旧約聖書の古代から恥辱や罪の悔い改めのシンボルになっていて、カトリック教会ではいまでも「灰の水曜日」に信者の額に灰で十字のしるしを付ける儀式が行なわれている。

＊2　袖飾り《マンシエット》　それ以前に流行したひだ襟《えり》の影響を受けて、この当時、袖口《そでぐち》にレースやひだを付けた薄い布の飾りを付けることが多かった。

＊3　付けぼくろ　当時は、黒いタフタやビロードの付けぼくろを、頬や目もとや唇や鼻にまで付けるのが流行《はや》っていて、アクセントになるし、肌の白さを際立《きわだ》たせる効果があると考えられていた。

＊4　ガラスの靴　ガラス製の靴など実際に履けるわけがないので、ガラス(verre《ヴエール》)ではなく、アカリスの毛皮(vair《ヴエール》)の誤りだろうという説もあった(バルザックなど)。しかし、アカリスの毛皮(死後は銀灰色)は服の裏地や飾りとしては珍重されたが、靴に使われた形跡はなく、他方、カタロニアやスコットランドの昔話にもガラスの靴が出てくる例があるという。

＊5　オレンジやレモン　二十世紀前半までオレンジなどの柑橘《かんきつ》類は贅沢《ぜいたく》な果物で、クリスマスプレゼントとして贈られたりしていた。長いあいだ、オレンジの栽培は王侯貴族の権力のシンボルでさえあり、たとえば、パリのオランジ

ュリー美術館はかつてチュイルリー宮殿のオレンジ栽培用の温室だった。

とさか頭のリケ

＊1　とさか頭　巻き毛のリケと訳されている場合が多いが、原語（houppe）は鳥の羽冠や人の房状の（前）髪を指す言葉。

＊2　磁器の壺《つぼ》　リモージュやセーヴルで磁器が生産されるようになるのは十八世紀以降で、それ以前は、磁器は中国などからの高価な輸入品で、珍重され、棚などに飾られることも多かった。

＊3　肉刺し棒　先の尖《とが》った棒状の道具で、縦に溝があり、そこに棒状に切った脂身《あぶらみ》をはめて、肉の塊に刺しこむ。

＊4　キツネの尻尾《しっぽ》を耳の上にぶらさげて　大邸宅の料理人は尻尾の垂れさがったキツネの毛皮の帽子をかぶっていたという。

親指小僧

＊1 エキュ　エキュはむかしの通貨単位。

訳者あとがき

村松　潔

　ここに収められた八篇の昔話が『過ぎ去りし時代の物語、教訓付き』というタイトルで初めて刊行されたのは一六九七年、グリム童話の初版が発行される百年以上まえで、フランスでは太陽王ルイ十四世の治下、豪壮なヴェルサイユ宮殿が完成し、そこに一万人にも及ぶ王族や貴族たちが住みこんで、日夜音楽が流れ、舞踏や芝居が催され、きらびやかな衣裳《いしょう》が行き交う宮廷生活が営まれている時代だった。

　この当時、宮廷や貴族の邸宅で催されたサロンでは、人々は洗練された会話を楽しみながら、詩の朗読やさまざまな文芸遊戯に興じたが、お伽噺《とぎばなし》を即興的に脚色して語り聞かせるというのもそのひとつだった。これはかなり広く流行したらしく、やがてはそういう物語の語り手たちがまとめたものが、いわゆる仙女（妖精《ようせい》）物語として出版されるようになった。王室の要職を占める高級官僚だったシャルル・ペローもこの種のサロンに足しげく通っていたことが知られており、本書の物語の語り口にも、こどもたちというよりは、サロンの教養ある女性たちを意識していると思われる部分が少なくない。

たとえば、「とさか頭のリケ」では、王様はゆたかな知性を手に入れた長女の意見を聞いて行動するようになり、ときには彼女の部屋で国務会議をひらいたとされているが、それを聞けば、当時の人々は、愛人マントノン夫人の助言に耳を傾け、しばしば彼女の部屋で国務会議をひらいたルイ十四世を思い浮かべただろうし、「眠れる森の美女」の城からはヴェルサイユ宮殿を連想し、眠りから覚めた王女のファッションが古臭いことに気づいても、王子はそれを黙っていたとか、ベッドに入ったふたりが一晩中ほとんど眠らなかったというような箇所では、思わずにやりとせずにはいられなかったろう。「サンドリヨン」の姉たちの舞踏会のための身支度にも当時の風俗が織りこまれているし、「青ひげ」の邸宅の豪華な家具の数々も、この時代には貴重な輸入品だった全身鏡を初めとして、当時の女性たちには垂涎《すいぜん》の的だったにちがいない。

また、本書の物語の末尾にはそれぞれちょっとピントのずれたユーモラスな教訓が付け加えられているが、そのほとんどはあきらかに若い女性に向かって語りかける口調になっている。

というわけで、一般には童話集と呼ばれているが、ペローがまとめた物語には王朝時代のサロンの香りがある。しかも、物語の要所ですでに使われなくなっていた古い表現を採り入れて、古くから伝わる昔話の雰囲気を保つ工夫をしたり、いたずらに脚色することを避けて、古い物語の素朴さをそのまま残すようにしてあるので、それぞれの物語は単純ながら味わいのあるものになっている。

本書のそれぞれの物語はもちろん、ペローの童話集としてもすでに多くの邦訳があるが、新潮文庫の一冊としてあらたに訳出するにあたっては、こども向けの読み物であることはとくに意識せずに、当時の時代的雰囲気が感じられるペローの文体をできるだけすなおに再現するようにこころがけた。

ペロー童話集の一六九七年の初版は失われているが、同年の第二版がフランス国立図書館に保存され、現在では、電子書籍として世界中のだれでも自由に閲覧できるようになっている。この翻訳はそれを底本としたが、物語の内容に直接関係のない冒頭の献辞は割愛した。

一九六七年にクラシック・ガルニエ叢書《そうしょ》の一冊として刊行されたジルベール・ルージェ編『ペロー童話集』も（スペリングを現代風に改めたりはしているが）この第二版を原本として、散文の童話集以前に発表されていたペローによる韻文の三篇の物語をあわせて収録している。この本には詳しい序文が付いており、さらにペローの人物紹介、著作目録と文献資料、テキストの異本、現代のフランス人にはわかりにくい十七世紀の語彙《ごい》の註釈《ちゅうしゃく》まで完備しているので、ペロー童話集について詳しく知ろうとする人には必携の書であり、今回翻訳の作業に際してもおおいに参考にさせてもらった。なお、このガルニエ版を底本とした、献辞、韻文および散文の物語、訳者による詳しい解説付きの完訳本としては、『完訳　ペロー童話集』（新倉朗子訳）が一九八二年に岩波文庫から出ており、現在でも入手可能である。

（二〇一五年一二月）

挿絵　ギュスターヴ・ドレ

Title: Contes de Perrault
Author: Charles Perrault

眠《ねむ》れる森《もり》の美女《びじょ》

—シャルル・ペロー童話集—

新潮文庫　へ-22-1

Published 2016 in Japan
by Shinchosha Company

平成二十八年二月一日発行

訳者　村《むら》松《まつ》潔《きよし》

発行者　佐藤隆信

発行所　株式会社 新潮社

郵便番号 一六二—八七一一
東京都新宿区矢来町七一
電話 編集部(〇三)三二六六—五四四〇
読者係(〇三)三二六六—五一一一
http://www.shinchosha.co.jp

価格はカバーに表示してあります。

印刷・株式会社精興社　製本・憲専堂製本株式会社

ISBN978-4-10-220021-6　C0197